MORD IN DER WÜSTE

DIE PRIVATDETEKTIV-KRIMISERIE MIT ANNIE HUDSON

BUCH 5

VALERIE BRANDY

Veröffentlicht von: Emerald Lion Press.

23901 Calabasas Rd., Ste 2088,

Calabasas, CA 91302.

emeraldlionpress@gmail.com

ISBN: 978-1-964161-57-0

Lektorat von Sharon Lennon-Mehlschau.

Um die Erlaubnis zur Verwendung von Passagen aus diesem Buch in einem anderen Kontext als einer Rezension zu erhalten, kontaktieren Sie bitte den Verlag unter emeraldlionpress@gmail.com.

Besuchen Sie die Website der Autorin unter:

www.valeriebrandy.com

❀ Erstellt mit Vellum

INHALT

KAPITEL EINS

STAUB WIRBELTE hinter dem weißen Pick-up auf, als dieser nach Rachel, Nevada, hineinrumpelte. Annie spähte aus dem Fenster und betrachtete die Wüste, die sich vor ihr ausbreitete. Sie schien sich endlos zu erstrecken, eine weite Fläche aus goldenem Sand und verstreuten Felsen, wobei die Hitze wie Wellen vom Sediment aufstieg. Der Himmel darüber war tief und endlos blau, und die rostfarbenen Berge in der Ferne unterstrichen nur die Tatsache, dass Annie und Ethan in ein Fischglas hineingefahren waren. Nevadas Wüste bildete das Becken eines Behälters mit glatten Seiten und steilen Anstiegen. Annie musste an die Geschichte von der Maus denken, die in eine Schüssel mit Milch gefallen war und so heftig paddelte, um zu entkommen, dass sie die Milch zu Butter schlug und einfach hinausklettern konnte. Annie stellte sich selbst als diese Maus vor, die sich an den Seiten der imposanten Klippen hochkämpfte, die Nevadas milchigen Wüstenboden umgaben.

Sie waren früh am Morgen angekommen. Annie sah auf ihre Uhr. Es war fast 6 Uhr morgens. Gerade richtig für einen Kaffee.

Sie hielt die Karte in ihren Händen noch fester. Handgezeichnete rote Linien – perfektioniert durch Fleurs sorgfältige Kunstfertigkeit – trieben sie vorwärts. Jede Falte auf der Papierkarte fühlte sich wie eine potenzielle Spur an, eine versteckte Nachricht, die den Standort von Russels Gelände enthüllen könnte.

»Irgendeine Idee, wo wir anfangen sollen?«, durchschnitt Ethans Stimme das Brummen des Truckmotors.

»Noch nicht«, antwortete Annie, ohne ihn anzusehen. Ihr Finger fuhr eine Linie auf der Karte entlang, hielt an bestimmten Punkten inne und drückte dann, als wolle sie einen Hinweis herbeizwingen. »Fleur und Mark konnten uns nach Rachel bringen. Der Karte nach zu urteilen, scheint Russels Gelände in diesem Kreuzungsbereich zu liegen, weniger als eine Meile nördlich der Stadt, mitten in der Wüste. Abgesehen davon sind wir auf uns allein gestellt.«

»Könnte genauso gut die Suche nach der Nadel im Heuhaufen sein«, antwortete Ethan. Er behielt die Straße im Auge. »Russels Gelände könnte alles sein. Eine falsche Geschäftsfront. Eine unterirdische Anlage. Wo fangen wir an?«

»Bei den Bewohnern der Stadt«, antwortete Annie. »Sie müssen ihn schon gesehen haben. Er blieb wochenlang hier. Er *muss* in Rachel angehalten haben, um zu tanken und zu essen. Es gibt sonst nichts in der Umgebung.«

Ethan antwortete nicht. Die Stille zwischen ihnen dehnte sich aus, bis sie fast greifbar war. Schließlich durchbrach Ethan sie.

»Dieser Halt fühlt sich anders an.«

»Ich weiß«, stimmte Annie zu. Sie musste nicht sagen, warum.

»Das Komische an dem, was wir durchgemacht haben, ist, dass ich nicht an sie denke – Megan – bis ich es tue«, sagte Ethan leise und bezog sich auf seine Schwester, die vor langer Zeit verschwunden war. »Glaubst du, das macht mich zu einem schlechten Menschen?«

»Nein«, Annie schüttelte den Kopf. »Ich denke, es macht dich zu einem Überlebenden. Hör mir zu, Ethan«, sie legte eine Hand auf sein Bein, wodurch Ethans Blick von der Straße abgelenkt wurde. »Wir werden dieses Gelände *finden*. Und wenn wir das tun, können wir das Kollektiv ausschalten«, sagte Annie zu ihm.

»Fühlt sich nicht so an. Fühlt sich an wie eine Jagd ohne Ende.«

»Nein. Wir sind nah dran.«

»Vielleicht«, sagte Ethan. Annie konnte eine tiefere Sorge in Ethans Stimme hören, entschied sich aber – ausnahmsweise – dazu, nicht nachzuhaken. »Hast du Russels Schlüsselkarte?«, fragte Ethan.

»Genau hier.« Annie klopfte auf die Tasche ihrer Hose, in der das Plastikkartenrechteck durch den Stoff gegen ihren Oberschenkel drückte.

»Gut. Wenn wir es finden, begutachten wir, was da ist, holen, was wir brauchen, und verschwinden wieder. Unauffällig und schnell. Ich mag es nicht hier draußen. Zu abgelegen. Macht mich nervös.«

Normalerweise bevorzugte Annie es, auf dem Land zu sein, aber jetzt – angesichts einer so weiten und flachen Wüstenlandschaft, die bereit schien, in sich zusammenzufallen – stimmte Annie zu. »Unauffällig und schnell«, wiederholte sie und dachte darüber nach, wie die Wüste sie an die Oberfläche eines fremden Planeten erinnerte.

Der Truck wurde langsamer, als sie sich den Stadtgrenzen näherten, und die Realität ihrer Mission traf sie mit voller Wucht. Kleine Gebäude boten den einzigen anderen Menschen im Umkreis von Stunden Unterschlupf. Wieder trat Stille ein, aber sie war jetzt anders – geladen mit Zielstrebigkeit, mit dem Wissen, dass jede Sekunde sie näher an die Wahrheit brachte.

Ein Schild hieß sie willkommen:

RACHEL, NEVADA.

Einwohnerzahl: 20.

»Zwanzig Leute?«, lachte Ethan. »Sollte nicht schwer sein, jemanden zu finden, der Russel getroffen hat.«

»Schau noch einmal«, Annie nickte zu einem zweiten Schild weiter unten an der Straße. Darauf stand:

»Heimat der meisten UFO-Sichtungen in Amerika.«

»Vielleicht können uns die Aliens helfen, Russel zu finden«, sagte Annie lächelnd.

»Kann nicht glauben, dass Leute tatsächlich an Aliens glauben«, Ethan schüttelte den Kopf und bog ab.

Die Reifen des Trucks knirschten über den Kies, als sie offiziell Rachel, Nevada, betraten, eine Ansammlung von Fata-Morgana-ähnlichen Gebäuden, die sie willkommen hieß. Alien-Kitsch schmückte jede Ecke: eine Tankstelle mit einem in die Zapfsäule gestürzten UFO, ein Motelschild mit einer grünen Figur, die zum Gruß winkte, und Straßenlaternen, die mit fliegenden Untertassen gekrönt waren. Annie nahm die seltsame kleine Stadt mit vor Staunen geweiteten Augen in sich auf.

»Planet Erde an Annie«, scherzte Ethan und nickte in Richtung eines Cafés mit einer Werbung für »*Galaktischen Fraß*« in Neonschrift. »Glaubst du, sie servieren hier kleine grüne Männchen auf Toast?«

»Nur, wenn sie in Frieden kommen.«

Ethan lächelte, aber es war flüchtig und wurde durch die gefurchte Stirn der Konzentration ersetzt, während er durch die ruhigen Straßen navigierte. Die Stadt wirkte verlassen, abgesehen von einem streunenden Hund, der sie desinteressiert vorbeifahren sah. Er saß auf seinen Hinterbeinen und hechelte in der Hitze, das Fehlen eines Halsbandes signalisierte, dass er niemandem in der Stadt gehörte.

»Unheimlich, nicht wahr?«, sinnierte Annie und spähte auf die leeren Bürgersteige. »Die Stadt liegt in der Nähe von Area 51, aber niemand scheint für einen Besuch anzuhalten.«

»Als jemand, der selbst für eine Regierungsbehörde arbeitet, kann ich dir sagen – die Leute, die in Area 51 an Flugzeugen arbeiten, verlassen die Basis nicht«, sagte Ethan. »Sie werden im Dunkeln gehalten und entwickeln den nächsten Tarnkappenbomber. Diese Stadt existiert für Touristen.«

»Du glaubst also nicht, dass die Crews in Area 51 daran arbeiten, fliegende Untertassen zurückzuentwickeln?«

»Natürlich nicht«, antwortete Ethan.

Sie fuhren an einem RV-Park vorbei, der als »National RV« gekennzeichnet war, sein Schild witterungsgeschädigt und sanft im Wind schwingend. Eine Handvoll anderer Wohnmobile stand verstreut herum, leblos. Eine amerikanische Flagge hing schlaff an einer Stange, und ein kleiner aufblasbarer Pool wirkte wie ein kläglicher Versuch einer Oase.

»Der RV-Park«, sagte Annie scharf, als ihre Detektivinstinkte erwachten. »Meinen Recherchen zufolge ist es der einzige Ort in der Stadt, an dem man ein Zimmer bekommen kann.«

»Verstanden«, bestätigte Ethan und tippte mit den Fingern auf das Lenkrad. »National RV Park. Möglicher Punkt von Interesse.«

»Alles ist ein möglicher Punkt von Interesse«, antwortete Annie, ihr Blick auf den Park gerichtet, als sie vorbeifuhren. »Bis wir Russels Gelände finden.«

»Wie wäre es damit?«, sagte Ethan und nickte die Straße entlang zu einem Diner. »Das Stadtrestaurant scheint ein guter Ausgangspunkt zu sein.«

Der Pick-up kam knurrend zum Stehen, Staub wirbelte um seine Reifen. Ein Diner namens »Alien Eats« ragte vor ihnen auf, ein Leuchtfeuer des Kitsches in der Wüstenhitze. Eine UFO-Skulptur stand draußen, um Gäste zu begrüßen, aber es war nicht die Skulptur, die Ethan stöhnen ließ. Es war das gelbe Absperrband, das den Diner umkreiste, und ein geparktes Sherifffahrzeug mit blinkenden Lichtern.

»Warum folgt uns der Ärger immer?«, fragte Ethan. »Wir sollten wegfahren«, sagte er, mehr zu sich selbst als zu Annie.

»Wir sind auf einer Mission, und es macht keinen Sinn, sich in etwas einzumischen, das nichts mit uns zu tun hat.«

»Das könnte *alles* mit uns zu tun haben«, konterte Annie und setzte sich aufrechter in ihren Sitz, um einen Blick auf die blinkenden Lichter des Streifenwagens zu werfen. »Außerdem ist es vielleicht kein Mord. Hier draußen könnte es etwas Kleines sein, wie ein Raubüberfall oder sogar... eine Entführung?« Annie grinste über ihren eigenen Witz.

»Ich hoffe auf eine Entführung«, sagte Ethan, bevor sein Gesicht ernst wurde. »Du glaubst doch nicht, dass ›Das Kollektiv‹ uns zuvorgekommen ist? Dass sie Russels Gelände bereits gefunden und zerstört haben, und was auch immer in diesem Diner vor sich geht, damit zu tun hat?«

»Es gibt nur einen Weg, das herauszufinden«, sagte Annie. Sie öffnete die Beifahrertür des Trucks, ihre Füße landeten mit einem dumpfen Geräusch auf den Steinen. Ethan folgte ihr, und beide näherten sich dem Absperrband, beide überrascht über die mangelnde Polizeipräsenz. Es gab keine Fanfare. Keine Ansammlung von Polizeiautos. Stattdessen stand das einzelne Sherifffahrzeug auf dem Asphalt und bat Eindringlinge, fernzubleiben.

»Ich wette, sie haben hier draußen nicht viele Strafverfolgungsressourcen«, sagte Annie, als sie unter dem Absperrband hindurchschlüpfte, ein grimmiges Lächeln auf ihren Lippen. »Weißt du, für zwei Leute, die behaupten, Ärger nicht zu mögen, scheinen wir ihn immer zu finden.«

Ethan grunzte, seine Augen verließen nicht die schattigen Fenster des Diners. »Ärger hat nichts gegen dich, Hudson. Er sieht dich kommen und läuft in die andere Richtung. Ich hoffe nur, dass es diesmal kein Mord ist.«

KAPITEL ZWEI

GISELLE

»ES IST EIN MORD«, sagte Giselle, ihre Worte hingen in der Luft. »Es ist ja nicht so, als hätte unser Opfer sich *selbst* mit einer Bratpfanne auf den Kopf schlagen können, oder?«

Giselle stand angespannt im Alien Eats, ihr Blick huschte mit geübter Schnelligkeit von ihren Gästen – Annie und Ethan – zurück zur kitschigen Wanddekoration. Das Diner, normalerweise ein gemütlicher Ort für einen Kaffee, fühlte sich für Giselle nun wie eine fremde Landschaft an – vertraut und doch beunruhigend zugleich. Giselles Hand ruhte auf dem kühlen Metall ihrer Dienstwaffe, ein Reflex aus jahrelangem Dienst in Uniform.

»Wenn er sich *selbst* mit einer Bratpfanne auf den Kopf geschlagen hätte, wäre es vermutlich kein tödlicher Schlag gewesen«, stimmte Annie zu.

Giselle nahm ihre Hand von der Waffe und erinnerte sich selbst daran, dass Annie und Ethan in friedlicher Absicht gekommen waren. Sie griff in ihre Tasche und holte zwei Gegenstände heraus: Ethans Dienstmarke und Annies Ausweis. Sie gab beide an ihre ursprünglichen Besitzer zurück und stellte dabei ihr Funkgerät stumm, dessen statisches Brummen von einer Gürtelschlaufe ihrer Jeans widerhallte. »Die Vorgesetzten haben euch freigegeben. Scheint, ihr seid wirklich vom FBI.« Ihre Augen hielten den Blick der beiden einen Moment lang fest, bestätigend, bewertend. Vertrauen kam nicht leicht in der Wüste, aber Ausweise hatten Gewicht, selbst hier. »Was hat euch nach Rachel geführt?«, fragte Giselle. »Komisch, dass ihr beide zufällig in der Gegend wart. *Niemand* ist jemals zufällig in dieser Gegend.«

»Wir suchen nach einem Gebäude oder einer Einrichtung, die von einem Mann namens Russel Grey frequentiert wird«, sagte Annie und zeigte ein Bild von Russel auf ihrem Handy. Sie hielt das Bild Giselle vor die Nase. »Erkennen Sie ihn?«

»Nie gesehen«, zuckte Giselle mit den Schultern. »Das bedeutet, er muss ohne Probleme durch die Stadt gekommen sein. Nur Touristen, die *Ärger* machen, lernen mich kennen. Betrunkene Gruppen auf ihrem Rückweg von Vegas. UFO-Enthusiasten, die glauben, sie könnten Area 51 stürmen. Diese Art von Leuten. Gute Touristen kreuzen selten meinen Weg. Er muss einer von den Guten gewesen sein.«

Annie sackte zusammen und steckte das Handy wortlos in ihre Tasche.

»Glauben Sie, dass dieser Mord etwas mit dem Mann zu tun haben könnte, nach dem Sie suchen?«, fragte Giselle und versuchte, unschuldig zu wirken, obwohl sie die Antwort bereits kannte. *Halte dein Gesicht neutral*, dachte Giselle und versuchte, ihren Gesichtsausdruck zu kontrollieren. *Stelle die richtigen Fragen.*

»Zu früh, um das zu sagen«, zuckte Annie mit den Schultern. »Können wir die Leiche sehen?«

Giselle nickte und bedeutete dem Paar, ihr über den schachbrettartigen Boden zu folgen. Um sie herum hingen grinsende grüne Aliens von der sternenübersäten Decke, ihre Wackelköpfe nickten. Sie passierten eine Reihe von Sitzecken und bogen rechts ab, um den hinteren Bereich des Restaurants zu betreten.

»Hier drüben«, sagte Giselle und führte Annie und Ethan an umgestürzten Stühlen und verstreuten Speisekarten vorbei. Ein lebensgroßer Pappaufsteller eines männlichen Astronauten ragte neben ihnen auf, sein Daumen-hoch für immer eingefroren.

Ein Mann lag in der Nähe der Kasse ausgestreckt, eine Blutlache umgab seinen Kopf. Eine Bratpfanne lag weggeworfen daneben, ihre Metalloberfläche reflektierte das Flackern der Leuchtstoffröhren an der Decke.

»Jamal«, sagte Giselle traurig und schüttelte den Kopf. »Er hat das Diner geführt. Wir kennen uns seit fünfzehn Jahren«, gab sie zu, ihre Stimme zitterte. »Kann nicht glauben, dass er weg ist.«

Annie starrte auf Jamals Körper hinab. Er war ein älterer Mann, sein eng gelocktes, graues Haar war mit Blut bedeckt. Er trug eine Schürze über seiner Kleidung, seine Arme über der Brust verschränkt, als würde er sich immer noch vor dem Schlag schützen wollen, der sein Leben beendete.

»Wer hat ihn gefunden?«, fragte Ethan.

»Ich«, gab Giselle zu. »Fand ihn heute früh so vor.« Giselles Stimme verriet kein weiteres Zittern, obwohl eine Ader an ihrer Schläfe pulsierte. »Ich komme immer für Kaffee und Eier her, bevor meine Schicht beginnt.« Sie starrte auf Jamal hinab, ihre dunklen Augen spiegelten eine Galaxie unausgesprochener Gedanken wider. Der joviale Mann, der jedermanns Geheimnisse kannte, würde keine Frühstücksspezialitäten mehr servieren. »Hätte nie gedacht, dass wir einen Mord in Rachel haben würden. So etwas passiert hier einfach nicht. Besoffene Dummheiten – klar. Wir hatten ein paar Touristen, die in die Wüste gewandert und an Hitze gestorben sind. Aber ein kaltblütiger Mord? Nie.«

»Irgendwelche Anzeichen für ein gewaltsames Eindringen?«, fragte Annie.

»Die Tür des Diners war unverschlossen, als ich ankam«, antwortete Giselle. »Aber das Diner ist um diese Zeit immer geöffnet. Das ist also normal.« Sie verlagerte ihr Gewicht von einer Seite auf die andere. Als Sheriff der Stadt war Giselle es gewohnt, kleinere Verbrechen und Streitigkeiten zwischen Nachbarn zu behandeln. Mord lag außerhalb ihres Fachgebiets.

»War heute Morgen noch jemand hier?«, fragte Annie hoffnungsvoll.

»Nur Allen, aber er kam, weil ich ihn angerufen habe«, antwortete Giselle. »Er ist Jamals Assistent und arbeitet normalerweise in der Nachtschicht, also ist er morgens schon weg. Er kam sofort, aber er war so aufgebracht, als er die Leiche sah, dass ich ihn nach Hause geschickt habe. Der arme Kerl ist völlig fertig.«

Annie nickte verständnisvoll, während Ethans Blick über den blutbefleckten Griff der Bratpfanne wanderte und sein Kiefer sich anspannte. Giselle beobachtete ihre Gesichtsausdrücke und fragte sich, ob sie sie für eine vertrauenswürdige Zeugin hielten.

Das sollten sie nicht, dachte sie und widerstand dem Drang, den Blick von den beiden abzuwenden. *Ich vertraue mir selbst nicht mehr.*

»Vielleicht hätte ich gar nichts tun sollen«, sagte Giselle nervös und drehte eine Strähne ihres langen Haares um ihren Finger. »Ich hoffe, ich habe den Tatort nicht kontaminiert. Ich habe das Absperrband angebracht und Fotos gemacht, während ich auf das größere Team aus Las Vegas gewartet habe, aber ich war mir nicht sicher, was ich sonst noch tun sollte. Wir haben das in der Ausbildung gelernt – das Protokoll für einen Mord – aber das war vor zwanzig Jahren, als ich Kadett war, und ich habe noch nie einen Mord gesehen. Und – und die Tatsache, dass es Jamal ist –«

Giselle spürte, wie die Schwere des Raumes sich um sie zusammenzog, das verspielte Dekor wirkte in seiner Beständigkeit nun wie ein Hohn. Es war zu viel. Der Tatort, der

Verlust von Jamal, die Störung ihres einfachen Lebens – es drückte wie die Wüstensonne am Mittag auf sie herab.

Annie und Ethan tauschten einen Blick aus. Stummes Einverständnis floss zwischen ihnen wie ein Strom. Annie trat vor, ihre Haltung fest.

»Wir werden Ihnen helfen herauszufinden, wer das getan hat«, sagte sie. Ihre Stimme schwankte nicht; sie durchschnitt die Spannung im Raum. »Wenn Sie einverstanden sind, natürlich.«

Ethan nickte neben ihr, knapp aber entschlossen. Giselle konnte nicht umhin zu bemerken, dass Ethan nicht so eifrig zu helfen schien wie seine Begleiterin.

Das Angebot hing in der Luft, ein Rettungsanker. Giselles Kehle zog sich zusammen. Dies ging über ihren Horizont hinaus – über die ruhige Routine von Rachel. Stolz kämpfte mit Pragmatismus. Ihr Sheriff-Abzeichen fühlte sich schwerer an als je zuvor auf ihrer Brust. Hilfe anzunehmen bedeutete, eine Verwundbarkeit einzugestehen, einen Riss in ihrer Rüstung, den sie selten jemanden sehen ließ.

Aber vielleicht wäre das das Beste, dachte Giselle bei sich. Dies war eine Gelegenheit, Jamal Gerechtigkeit zu verschaffen. Und – gleichzeitig – konnte Giselle schweigen, ohne jemals preiszugeben, was sie wusste. Es war ein Risiko. Aber eines, das Giselle bereit war einzugehen.

»In Ordnung«, gab sie nach, ihr Ton gemessen. Die Muskeln in ihrem Nacken entspannten sich leicht und verrieten Erleichterung. »Ich weiß das zu schätzen. Für Jamal.«

Annie nickte knapp, und Ethans Lippen pressten sich zu einer dünnen Linie der Anerkennung zusammen.

»Wo werdet ihr übernachten?« Giselles Blick wanderte von der Leiche zu den beiden Agenten, wieder geschäftsmäßig.

»Irgendwelche Empfehlungen?«, hob Annie die Braue

und wartete. Sie ahnte die Antwort bereits, wollte sie aber anhand von Giselles Reaktion verifizieren.

»Der Wohnmobilpark.« Giselle deutete in Richtung der Tür des Diners, die Alien-Aufkleber glänzten unter dem Leuchtstofflicht. »Es ist der einzige Ort in der Stadt. Ihr bekommt ein Dach über dem Kopf, aber erwartet keinen Luxus.«

»Klingt wie das Paradies«, bemerkte Ethan trocken. »Ich hoffe nur, es hat denselben, äh«, er blickte sich im Diner um, »*Alien-Charme* wie der Rest der Stadt.«

Giselle lachte. »Oh, keine Sorge. Ihr werdet das Alien-Ding überall finden. Rachel ist nur einen Steinwurf von Area 51 entfernt. Zieht die Neugierigen, die Gläubigen und die richtig Besessenen an. Die Leute hier haben ihren Frieden mit dem 'Seltsamen' gemacht und es in eine Ware verwandelt. Aber das ist alles Fantasie. Das hier -« Sie blickte auf Jamals Körper hinab und erschauderte. »Das hier ist *real*.«

Nachdem sie Kontaktdaten ausgetauscht und einen Plan zur Zusammenarbeit bei den Ermittlungen gemacht hatten, machten sich Annie und Ethan auf den Weg zur Tür und traten hinaus in das grelle Sonnenlicht Nevadas. Giselle stand im Türrahmen, das Alien-Windspiel klingelte ein sanftes Lebewohl.

»Wenn ihr im Wohnmobilpark ankommt, sagt Frankie, dass Giselle euch das Beste versprochen hat«, rief sie ihnen nach. »Er schuldet mir noch einen Gefallen.«

Annie nickte knapp. Ethan hob zum Abschied eine Hand, bevor sie um die Ecke verschwanden.

Giselles Augen verengten sich, als sie ihnen nachschaute, die Tür des Diners schloss sich hinter ihr mit einem protestierenden Quietschen. Wieder umgab sie Stille, abgesehen vom fernen Summen eines draußen flackernden Neonschilds. Jetzt allein, rasten ihre Gedanken.

Es war nicht nur Stolz, der Giselle gegenüber dem Angebot der Detektivin, den Fall zu untersuchen, misstrauisch gemacht hatte. Es war eine hartnäckige Tatsache, eine Wahrheit, die Giselle während des gesamten Besuchs verborgen hatte:

Sie wusste genau, wie Jamal gestorben war. Gott, sie wusste es.

Die Identität des Mörders hatte sich in ihr Gehirn eingebrannt.

Sie wusste, wer Jamal getötet hatte, aber sie konnte es nicht sagen. Selbst wenn das bedeutete, ihren Eid zu brechen, zu dienen und zu schützen. Giselle würde die Identität des Mörders mit ins Grab nehmen.

Sie hatte ihr Angebot zur Ermittlung angenommen, weil – tief im Inneren – Giselle *wollte*, dass jemand Jamal Gerechtigkeit verschaffte. Es konnte nur nicht *sie* sein. Und sie befürchtete, dass es verdächtig ausgesehen hätte, abzulehnen. Mit Ethans Kontakten beim FBI und ihrem persönlichen Interesse an der Gegend hätten sie sich über ihren Kopf hinweggesetzt, wenn sie behauptet hätte, sie brauche keine Hilfe bei der Lösung von Jamals Fall.

Jetzt war das Beste, was Giselle tun konnte, ruhig zu bleiben und nie zu enthüllen, was sie wusste. Niemals. Sie würde nie ein Wort darüber verlieren. Ihr Geheimnis würde verschlossen bleiben, tief vergraben im wechselnden Sand von Rachel, Nevada.

Sie konnte nur hoffen, dass diese beiden Detektive nicht so gut waren, dass sie ihre Geheimnisse ausgraben würden.

KAPITEL DREI

IM KLEINEN WOHNMOBILPARK an der Hauptstraße von Rachel saß Frankie in seinem Büro und ahnte nicht im Geringsten, dass etwas nicht stimmte. Der Wohnmobilpark war durch eine hohe amerikanische Flagge gekennzeichnet und bestand aus mehreren Reihen von Fahrzeugen, die den einzigen Wohnort in der Stadt darstellten. Natürlich hatten einige Einwohner eigene Unterkünfte gefunden, indem sie Gehöfte im Sand errichteten, aber der Wohnmobilpark war die Heimat der meisten Einwohner in Rachel. Er war auch das einzige Hotel in der Stadt und bot einige Mietwohnmobile für Besucher an. Frankie war stolz darauf, ein echter Geschäftsmann zu sein, der sich nicht darauf ausruhte, dass sein Wohnmobilpark der einzige Ort in der Stadt zum Übernachten war. Er glaubte, er würde ein *Erlebnis* für seine Besucher schaffen.

Die Tür zu Frankies Büro-Wohnmobil schwang mit einem Knarren auf, das Frankie die Zähne zusammenbeißen ließ.

Frankies Büro war ein gebrauchtes Wohnmobil, das mit Regalen voller Bücher, Papiere und Kleinigkeiten vollgestopft war. Die Wände waren mit bunten Postern und Haftnotizen bedeckt, die als Erinnerungen und Inspiration für Frankies

Arbeit dienten. Ein kleiner Schreibtisch stand an einer Wand, übersät mit einem Laptop, Stiften und Kaffeetassen. Auf dem Schreibtisch stand ein Schild, das Frankie für sich selbst gekauft hatte, am Tag, als er den Wohnmobilpark geerbt hatte. Darauf stand schlicht »CHEF«. Frankie hatte hart daran gearbeitet, diesen Ort so aussehen zu lassen, wie er sich selbst sah – als erfolgreicher Geschäftsinhaber. Aber all die offiziellen Verzierungen der Welt konnten den muffigen Geruch nicht überdecken, mit dem das gebrauchte Wohnmobil gekommen war.

Frankie schirmte seine Augen vor der Sonne ab und starrte auf die offene Tür. In der Schwelle standen zwei Gestalten, die lange Schatten über seinen Schreibtisch warfen.

»Jamal ist tot«, verkündete Annie ohne Umschweife, ihre Stimme durchschnitt die stille Luft. Ethan ragte hinter ihr auf.

»Ermordet, um genau zu sein«, fügte Ethan für den Kontext hinzu. Er versuchte immer, Annies abrupte Art, Informanten Neuigkeiten mitzuteilen, abzumildern. »Wir sind hier, um zu ermitteln. FBI-Agent Ethan Beckett und Privatdetektivin Annie Hudson, zu Ihren Diensten.« Das Paar trat vor und erlaubte Frankie, sie besser zu betrachten. Die Frau war unscheinbar, aber ihre Augen waren hell und klar. Der Mann war groß und fit, aber die Falten in seinem Gesicht deuteten auf lange Arbeitsstunden hin. Der Mann hielt einen Ausweis hoch. Frankie schluckte zur Antwort. »Giselle meinte, Sie könnten uns vielleicht einen Platz zum Übernachten besorgen?«, fragte Ethan.

»Alles für Giselle«, nickte Frankie. Er blinzelte und verarbeitete, was er gerade erfahren hatte. »Wenn Sie sagen, dass Jamal tot ist, meinen Sie nicht Jamal von Alien Eats?«

»Doch«, nickte Annie. »Ich dachte, Sie würden ihn kennen, da die Stadt so klein ist.«

»Sie meinen Jamal, der das *Diner* betreibt?«, fragte Frankie noch einmal zur Bestätigung, sein Mund öffnete sich vor Schock.

»Genau den«, nickte Annie.

Frankie keuchte und schüttelte den Kopf. »Ich dachte – vielleicht – ein Tourist –«

»Kein Tourist«, sagte Annie.

»Sie wollen also sagen, *unser* Jamal ist... tot?« Frankie erschauderte und richtete seine Krawatte. Er trug jeden Tag eine Krawatte, obwohl der Wohnmobilpark nur wenige Besucher sah. Frankie fand es wichtig – als Geschäftsmann – immer sein Bestes zu geben.

»Genau richtig«, bestätigte Annie.

Frankies Gedanken überschlugen sich. Er kannte Jamal seit Jahrzehnten und betrachtete ihn als Freund. Tatsächlich hatte Jamal – wie so viele der zwanzig menschlichen Bewohner von Rachel – direkt hier im Wohnmobilpark gelebt, den Frankie betrieb. *Wieder eine Mietzahlung weniger*, klagte Frankie. Er biss sich auf die Zunge, froh, dass er den Gedanken nicht laut ausgesprochen hatte.

»Das ist schrecklich«, sagte Frankie und berechnete hektisch, wie sich das auf sein Endergebnis auswirken würde. Er war dankbar, zwei kurzfristige Gäste zu haben, um den Unterschied auszugleichen. »Nun, wenn Giselle für euch gebürgt hat, werde ich gut auf euch aufpassen.« Er warf Ethan die Schlüssel zu, der sie mit einem Nicken aus der Luft fing. Frankie beäugte die Detektive von oben bis unten und fragte sich, wie gut sie in ihrem Job waren und wie tief sie graben würden.

Irgendwas an denen, dachte Frankie, als er sie aus dem Wohnmobil in die sengende Hitze führte. *Die werden Ärger machen.*

Der Kies knirschte unter ihren Füßen, als sie durch den Wohnmobilpark gingen und an verwitterten Wohnwagen vorbeikamen, die schon bessere Tage gesehen hatten. Frankie krempelte die Ärmel seines Blazers hoch und streckte stolz die Brust heraus. »Ich bin eine Art Unternehmer«, sagte Frankie lächelnd. »Ich kümmere mich um diesen Ort, und er kümmert sich um mich. Rachel mag nicht viel hermachen, aber von den zwanzig Leuten, die in der Stadt leben, entscheiden sich fast die Hälfte dafür, hier zu leben!«

»Also... zehn Leute?«, fragte Ethan, und konnte die Tatsache, dass er wenig beeindruckt war, nicht aus seiner Stimme heraushalten.

»Neun, jetzt wohl«, zuckte Frankie mit den Schultern. »Jetzt, wo Jamal – ihr wisst schon...«

Annies Augen huschten umher und nahmen jedes Detail auf.

»Wie bist du an diesen Ort gekommen, Frankie?«, fragte sie, ihr Ton täuschend beiläufig.

Frankies Schritt stockte. Dies war eine Frage, die Frankie hasste. Eine, die er um jeden Preis vermied. Er schluckte schwer und gab Annie die Antwort, die er immer gab, wenn Fremde auftauchten und Fragen stellten. »Von meiner Oma geerbt, als sie starb«, antwortete Frankie. Er hielt seinen Blick nach vorne gerichtet, aber er konnte das Gewicht von Annies Blick spüren.

»Muss schwer gewesen sein«, bot Ethan an, seine Worte voller Mitgefühl.

»Ja, nun...«, Frankie brach ab, begierig das Thema zu wechseln. »Das war es. Aber jeden Tag arbeite ich daran, sie stolz zu machen. Geschäft liegt mir im Blut, und ich bin einer der Top-Unternehmer in dieser Gegend!«

»Nichts für ungut, Frankie, aber ich bin überrascht, dass niemand Häuser baut«, sagte Annie kopfschüttelnd. »Das Land hier muss doch ziemlich erschwinglich sein.«

»Ja...«, klagte Frankie. »Aber wenn du ein Haus baust, musst du Strom, Sanitäranlagen und Wasser verlegen lassen. Wohingegen, wenn du von mir mietest, diese Orte sofort bezugsfertig sind!« Er deutete auf den Wohnmobilpark. »Wir haben hier einige wirklich schöne Annehmlichkeiten. Dort drüben ist der Pool.« Er zeigte auf ein traurig aussehendes Aufblasbecken, das in der Sonne lehnte.

Annie hob eine Augenbraue. »Charmant.«

»Und dort drüben – das ist die Feuerstelle. Die habe ich selbst hinzugefügt. Hab sie bei Amazon bestellt und sechs ganze Monate gespart, um sie hierher zu bekommen. Alle sind sehr dankbar. Perfekt zum Marshmallows rösten und Sternegucken.« Frankie zeigte auf einen Kreis aus Steinen, in dessen Mitte eine gusseiserne Feuerstelle stand, in der noch Asche glimmte. »Die Sterne hier, die sind was Besonderes. Die Leute kommen wegen der Aliens nach Rachel, aber eigentlich sollten sie wegen der Sterne bleiben.«

Ethan lachte. »Glaubst du an dieses Zeug, Frankie? Aliens?«

Frankie hielt inne, sein Blick wanderte zum Himmel und stellte sich vor, wie es sein würde, wenn die Nacht hereinbräche. »Manchmal«, gab er leise zu, »wenn ich nach oben schaue und all die Sterne sehe... fange ich an, mich zu fragen. Schwer zu glauben, dass wir allein sind.« Er blickte zu Annie und Ethan, die dem Ähnlichsten, was er je an Alien-Besuchern gesehen hatte, am nächsten kamen. »Wenn ihr beiden eure Ermittlungen durchführt, wie tief grabt ihr?«

»Wir lassen keinen Stein unumgedreht«, sagte Annie.

Großartig, dachte Frankie bei sich, plötzlich sehr besorgt, dass die Vergangenheit ihn einholen würde. *Zwei neugierige Detektive, die herumschnüffeln. Genau das, was ich brauche.*

»Nun, dann werdet ihr beide vielleicht als Gläubige gehen«, sagte Frankie. Frankie schüttelte die beunruhigenden Gedanken ab und zeigte auf eine Reihe von Wohnwagen. »Der große dort gehört Sheriff Giselle.« Er zeigte auf ein massives Wohnmobil, das leicht doppelt so groß war wie jeder andere Wohnwagen in der Reihe. Es hatte ein schlankes Design, in neutralen Tönen von Creme und Grau lackiert. Große Fenster säumten die Seiten und spiegelten die Wüstenlandschaft wider. Eine Veranda war an der Seite angebaut worden, komplett mit einer Cabana, die Schatten spendete. Eine ältere Frau saß draußen, ihr verwittertes Gesicht verzog sich zu einem Lächeln, als sie ihnen zuwinkte. »Das ist Giselles Mama, Maria. Ist den ganzen Weg aus Venezuela hergezogen, um bei ihrer Tochter zu sein.«

Annie nickte, ihr scharfer Blick musterte die Frau. »Muss schön sein, Familie in der Nähe zu haben.«

»Das ist es«, stimmte Frankie zu, mit einem sehnsüchtigen Ton in seiner Stimme. Er deutete auf seinen eigenen Wohnwagen, ein bescheidenes Gefährt mit einer leicht schiefen Markise. »Das ist, wo ich meinen Hut hänge. Nicht viel anzusehen, aber ich bin stolz auf die Veränderungen, die ich vorgenommen habe.« Frankie nickte auf das Dach des Wohnmobils, wo er eine Sterngucker-Plattform gebaut hatte. Ein Grill stand neben dem Fahrzeug, das in einem erschreckenden Limonengrün lackiert war.

Neben Frankies Wohnwagen glänzte ein pinker Airstream in der Sonne. »Nun, diese Schönheit gehört Bianca. Sie ist eine dieser YouTube-Influencerinnen, redet immer über Aliens und solche Sachen. Stellt Videos darüber und alles.«

Annies Augen scannten das Pepto-Bismol-farbene Wohnmobil und bemerkte, dass an der Seite ein Logo in geschwungener schwarzer Schrift gemalt war. Das Logo lautete:

Biancas Beyond: Alien-Erkundungen.

Das Symbol für YouTube und ein Bild einer Videokamera befanden sich neben dem Kanaltitel.

»Sie hat es innen richtig schön hergerichtet«, sagte Frankie. »Normalerweise vermiete ich die eigentlichen Wohnmobile, aber dieses gehört Bianca und sie zahlt nur eine monatliche Gebühr, um es hier zu parken. Sie ist mit dem Ding durch das ganze Land gereist und hat die neuesten Alien-Geschichten überprüft. Sie ist eine dieser Influencerinnen... fragt die Leute hier immer irgendwelche Fragen.«

Ethans Interesse war geweckt. »Eine Influencerin, hm?

Könnte sich lohnen, mit ihr zu sprechen, zu sehen, ob sie etwas über Jamals Mord weiß. Vielleicht hat sie etwas auf ihren Kameras gesehen.«

Frankies Magen verkrampfte sich bei der Erwähnung des Verbrechens, aber er hielt seinen Gesichtsausdruck neutral. »Nun, sie ist ein bisschen ein seltsamer Vogel, aber harmlos genug.« Er zeigte auf den Wohnwagen neben Biancas. Er war einfach und brauchte eine Wäsche – Staub bedeckte das Äußere, und ein Satz Laken, die als Vorhänge benutzt wurden, blockierten die Fenster. »Der dort ist Allens. Er arbeitet unten im Diner.«

Annies Augen leuchteten auf. »Allen? Du meinst Jamals Assistent?«

Frankie schluckte schwer. »Ja. Allen stand Jamal sehr nahe. Ich muss später nach ihm sehen. Schauen, wie es ihm geht. Wir versuchen alle, in diesen Gegenden zusammenzuhalten.«

Frankies Stimme wurde leiser, als sie an dem Wohnwagen neben Allens vorbeikamen. »Das ist Harlans Wohnwagen«, murmelte Frankie. Im Gegensatz zu Allens vernachlässigtem Wohnmobil war dieses Fahrzeug geradezu misshandelt. Die Stoßstangen rosteten, das Äußere war ein Durcheinander aus abblätternder Farbe und verstreutem Müll. Bierdosen lagen im umgebenden Bereich herum, und – wie Annie bei näherer Betrachtung bemerkte – der hintere linke Reifen fehlte vollständig und hinterließ ein leeres Loch, das auf einem wackelnden Satz Ziegelsteine aufgestützt war.

»Der Mann ist ein Verschwörungsfreak«, fuhr Frankie fort, »redet immer von Regierungsvertuschungen und so. Hält sich meistens für sich. Ich versuche, ihn dazu zu bringen, den Ort aufzuräumen, aber er weigert sich. Hätte ihn inzwischen rausgeworfen, wenn es nicht wegen...«

Frankie hielt inne, seine Augen weiteten sich, als er erkannte, welchen schrecklichen Fehler er fast begangen hätte.

»Wenn nicht wegen was?«, fragte Annie fröhlich.

»Wenn nicht wegen der Tatsache, dass wir so wenige in Rachel sind«, versuchte Frankie zu kaschieren. »Man kann nicht einfach jemanden rauswerfen, ohne dass es jede Menge Drama gibt.«

Schließlich führte Frankie sie zu einem makellosen, weißen Wohnmobil, dessen Äußeres in der Wüstensonne glänzte. »Und hier werdet ihr Leute übernachten. Das schönste im Park, wenn ich das so sagen darf.«

Er fischte den Schlüssel aus seiner Tasche und reichte ihn Annie, seine Finger streiften ihre für den kürzesten Moment. »Nun, ich lasse euch in Ruhe ankommen. Wenn ihr etwas braucht, wisst ihr, wo ihr mich findet.«

Annie und Ethan nickten zum Dank und verschwanden im Wohnmobil. Als die Tür hinter ihnen zufiel, stieß Frankie einen zitternden Atem aus, seine Schultern sackten unter dem Gewicht seines Geheimnisses zusammen.

Reiß dich zusammen, sagte er zu sich selbst, sein Herz raste. *Gib ihnen keinen Grund, dich zu verdächtigen, und alles wird gut werden.*

Aber als er wegging, konnte Frankie das Gefühl nicht abschütteln, dass seine sorgfältig konstruierte Welt dabei war, um ihn herum zusammenzubrechen. Und mit Annie und Ethan, die herumschnüffelten, war es nur eine Frage der Zeit, bis die Wahrheit ans Licht käme.

KAPITEL VIER

BIANCA

BIANCA SASS in ihrem kaugummirosa Wohnmobil, den Blick auf die körnige Übertragung einer Sicherheitskamera gerichtet, die außen am Haus angebracht war. Ein Monitor flackerte zwischen einer Reihe von Bildschirmen, die alle ein blasses Licht im Inneren ihres Wohnmobils warfen, das in einem ähnlichen Rosaton gestrichen war wie die Außenseite. Stapel von Filmausrüstung waren ordentlich in Regalen verstaut, Lichterketten zwischen den Ausstellungsstücken verwoben. Ein zusammenklappbarer Stuhl war unter einem schmalen, hochgelegenen Bett aufgestellt – beide mit leuchtenden Rosatönen verziert. Das Wohnmobil diente als mobiles Nervenzentrum für Biancas Alienjagd-Operationen, und sie hatte es so gut dekoriert, dass es aussah, als gehöre es ins HGTV. Das war Teil des Spiels. Eine Influencerin zu sein bedeutete, einen Traum zu verkaufen, und Bianca mochte es, wenn ihr Zuhause ihren Status widerspiegelte.

Bianca warf sich eine Handvoll Popcorn in den Mund und knabberte, während sie einen Livestream auf dem Monitor verfolgte. Auf dem Bildschirm führte Frankies schlaksige Gestalt – die sich unter seinem schlecht sitzenden Blazer bewegte – Annie und Ethan durch den Wohnmobilpark. Sie hielten bei verschiedenen Wohnwagen an, und – nach dem Aussehen zu urteilen – bot Frankie den Fremden eine Tour an.

Bianca tippte mit ihren neonrosa Fingernägeln auf eine kompakte Arbeitsstation und beobachtete, wie Frankie das Paar in das leere Wohnmobil am Ende der Reihe führte. Die Tür schloss sich hinter ihnen, und Bianca bemerkte, dass eine plötzliche Welle der Erleichterung über Frankies Gesichtszüge huschte, als er sich von dem Duo verabschiedete. Bianca rollte mit ihrem Stuhl vom Monitor weg zum Fenster, hob den Vorhang gerade genug an, um einen Blick auf Frankie zu werfen, der mit einem schweren Seufzer vom Wohnmobil wegging. Biancas Augen verengten sich, ihre Neugier war geweckt. Sie griff nach ihrem Handy, ihre Finger tanzten schnell über den Bildschirm und schickten eine Nachricht an Frankie.

Bianca

Wer sind die?

Wenige Sekunden später vibrierte Biancas Handy. Ihre Finger, noch in Position von ihrer letzten Nachricht, schnappten es sich. Frankies Antwort blitzte auf dem Bildschirm auf, kurz und schwer mit Worten, die sie nicht erwartet hatte.

Frankie

Detektive. Jamal ist tot. Sie denken, er wurde ermordet. Sie sagen, sie werden herausfinden, wer es getan hat.

Bianca keuchte auf. Das Wohnmobil schien sich um sie herum zusammenzuziehen, die kaugummirosa Wände schlossen sich wie eine zuckrig überzogene Falle. Sie spürte, wie ihr Herz stockte und dann raste. Jamal, der joviale Besitzer von Alien Eats, der jeden und alles über Rachel, Nevada, kannte – verschwunden? Es war eine surreale Enthüllung, die im krassen Gegensatz zur kitschigen Alien-Dekoration stand, die er so liebte.

Eine Erinnerung tauchte auf: Jamal, der sich über die

Theke lehnte, seine Stimme leise, die Worte kryptisch. »Die Wahrheit zählt mehr als alles andere, Bianca.« Jamal war ein echter Gläubiger an Alien-Aktivitäten gewesen, genau wie Bianca.

Sie spielte diese Worte in ihrem Kopf ab, während sie sich zu ihrer Arbeitsstation drehte, ihre Hände bewegten sich mit geübter Dringlichkeit. Die Monitore verschwammen zu Hintergrundgeräuschen, während sie sich auf einen bestimmten konzentrierte. Bianca war seit einigen Monaten in Rachel, und in dieser Zeit hatte sie Hunderte von Stunden Alien-bezogenes Filmmaterial gesammelt. Sie spulte durch stundenlange Aufnahmen vor, auf der Suche nach einem bestimmten Moment, diesem einen ungeschützten Augenblick.

Da! Auf dem Bildschirm flackerte etwas – ein Schatten, eine Geste, eine Anomalie in der Nacht.

»Verdammt, Jamal«, flüsterte sie den Pixeln zu, die nun wichtigere Geheimnisse als je zuvor bewahrten.

Ihre Finger flogen über die Tastatur. Kopieren. Einfügen. Übertragen. Der Fortschrittsbalken füllte sich quälend langsam, jedes Pixel ein Countdown zu Sicherheit oder Katastrophe. Als die Datei sich auf der Festplatte einnistete, stieß sie einen Seufzer aus, der nach Staub und Angst schmeckte.

Mit geschickten Bewegungen warf sie die Festplatte aus und durchquerte den engen Raum zu einem kleinen Safe, der unter dem Bett versteckt war. Die Tür öffnete sich mit einem Klicken, das Innere dunkel und kühl. Sie legte die Festplatte hinein, neben Pässe und andere Kleinigkeiten eines Lebens auf der Jagd nach Aliens.

Als der Safe mit einem endgültigen Klacken einrastete, lehnte sie sich gegen den Metallrahmen ihres Bettes. Frankie musste davon nichts wissen – noch nicht. Auch nicht die Detektive mit ihren bohrenden Fragen und offiziellen Dienstmarken.

»Bewahre deine Geheimnisse nah bei dir auf«, murmelte

sie zu sich selbst, die Lichterketten spiegelten sich in ihrem entschlossenen Blick. »Und deine Beweise noch näher.«

Bianca ging zu einer Truhe, die am hinteren Ende des Wohnmobils stand, ihr Puls hämmerte in ihren Ohren, als sie sie öffnete. Sie blickte über ihre Schulter, halb erwartend, Schatten außerhalb ihres Fensters zu sehen. Nichts als die Stille der Wüstennacht.

Sie klappte die Truhe auf. Miniatur-UFO-Scheiben, nicht größer als Untersetzer, lagen in Samt gebettet. Angelschnur, fast unsichtbar gegen das rosa Futter, wickelte sich wie silberne Schlangen. Ihre Kreationen, ihre Werkzeuge der Täuschung, alle in diese Truhe gestopft – das Herzstück ihrer gefälschten Alien-Videos.

»Verdammt noch mal«, zischte sie. Die Luft fühlte sich dünn an, als sie eine Scheibe schnappte und ihre Kanten untersuchte, ihre Finger strichen über die perfekte Kuppel. Ein Requisit, das bald zu einem Beweisstück werden könnte.

Ihre Hand zitterte. Die Scheibe rutschte ihr fast aus den Fingern, aber sie fing sie auf und legte sie zurück zu den anderen. Ein Schweißtropfen zog eine Linie ihre Schläfe hinunter. *Was, wenn diese Detektive ihr Geheimnis entdeckten?*

Die Truhe schnappte mit einem dumpfen Schlag zu, der sie erschaudern ließ. Wieder verschlossen. Ihr Geheimnis versteckt unter Schichten von Schlössern und Lügen. Sie konnte nicht zulassen, dass sie es herausfanden. Nicht jetzt. Nicht, wenn alles auf dem Spiel stand.

»Bleib cool, Bianca«, flüsterte sie, ihre Stimme kaum mehr als ein Murmeln, »du schaffst das.«

Als sie sich von der Truhe abwandte, fiel ihr Blick auf die funkelnden Lichter an der Wand. Sie sollten wie Sterne aussehen, eine persönliche Galaxie.

Jetzt fühlten sie sich wie Augen an, die jeden ihrer Schritte beobachteten.

KAPITEL FÜNF

HARLAN

SPÄTER AM ABEND – im heruntergekommensten Wohnmobil der Reihe – saß Harlan auf einer braunen Cordcouch und kippte ein Bier runter. Das Licht des Fernsehers flackerte gegen seine müden Augen und warf lange Schatten durch das beengte Innere seines Wohnmobils. Ein YouTube-Video lief auf dem Bildschirm, und Harlan beugte sich fasziniert vor. Das war Harlans abendliches Ritual. Die Verschwörungstheorien des Tages nachzuholen.

Auf dem Bildschirm sprach der Mann direkt in die Kamera, aufrichtig und leicht verstört, während er von Kameras in Bäumen, abhörenden Telefonen und verfolgenden Satelliten erzählte. »Die Sache mit der Regierung ist, dass sie überall sind«, sagte der Mann auf dem Bildschirm und schüttelte den Kopf. »Und heute haben wir Beweise, dass sie über dein Handy mithören.«

Harlan lehnte sich vor, sein Bart zuckte bei jedem Nicken. Die waren einer Sache auf der Spur; das spürte er bis in die Knochen.

Ein scharfes Klopfen an der Tür zerschmetterte die ruhige Verschwörungsstimmung.

»Wer ist da?« Trotz seiner selbst zuckte Harlan zusammen.

Vielleicht hörte die Regierung wirklich *mit*, und sie waren gekommen, um ihn mitzunehmen, weil er zu viel wusste.

»Frankie«, kam die gedämpfte Antwort von draußen.

Verdammt, dachte Harlan. Es gab nichts Schlimmeres als einen Besuch vom Vermieter. Frankie war wahrscheinlich mit Neuigkeiten über ein Treffen gekommen oder mit einer weiteren Bitte, den Zustand von Harlans Wohnwagen in Ordnung zu bringen – beides interessierte Harlan nicht.

Er schaltete das Video stumm und stand auf, seine Beine knackten bei der Anstrengung. Die Tür wurde aufgerissen und enthüllte Frankies schlaksige Silhouette vor dem Hintergrund der Wüstensterne. Frankies Schnurrbart umrahmte sein Gesicht, und wie üblich trug er eine Krawatte. Harlan wusste nicht, wen Frankie damit zu beeindrucken glaubte.

»Es sind Detektive in der Stadt«, sagte Frankie ohne Umschweife und trat ein, als wäre er eingeladen worden.

»Detektive?« Harlans Augenbraue hob sich.

»Jamal ist tot.«

Die Worte hingen schwer in der Luft und sanken wie Steine in Harlans Brust. Jamal – immer ein Lächeln unter dieser grau gesprenkelten Schürze versteckt, immer eine Geschichte zu erzählen. Sie waren über die Jahre Freunde geworden. Harlan besuchte gerne das Diner – Alien Eats – und erzählte Jamal von seinen neuesten Theorien über die Welt. Jamal hatte geduldig zugehört und Harlan nie das Gefühl gegeben, verrückt zu sein, weil er an Wahrheiten glaubte, die andere nicht in Betracht ziehen würden.

»Tot?«

»Hör zu, Harlan«, Frankie lehnte sich näher heran, der Geruch von Holzkohle hing an seiner Jacke. Er musste einen Teil des Abends damit verbracht haben, die Feuerstelle zu reinigen, immer noch in seinem Jackett. »Ich bin gekommen, um dich um einen Gefallen zu bitten. Verstrick dich nicht in deinen Theorien bei dieser Sache. Lass die Detektive ihre Arbeit machen.«

»Raushalten?« fragte Harlan, entsetzt über die Idee. »Aber es ist ein Mord hier in Rachel. Ein Mord an einem Freund-«

»Genau.« Frankies Blick war streng, aber nicht unfreundlich. »Deshalb sollten wir uns alle raushalten.«

»Raushalten«, wiederholte Harlan, obwohl sich die Worte wie Lügen anfühlten, als sie seine Lippen verließen. Frankie warf ihm einen letzten Blick zu, teils Warnung, teils Bitte, dann trat er zurück in die Nacht. Aber bevor er weit kommen konnte, hielt Harlan ihn auf.

»Ich weiß, wer es war«, sagte Harlan, als Frankie sich umdrehte. Frankie seufzte und biss sich sichtbar auf die Zunge.

»Nein, Harlan, das weißt du nicht.«

Harlans Blick wanderte vom stummen Bildschirm zu Frankie, seine Gedanken rasten. »Es ist die Frau«, platzte es aus ihm heraus. »Die, von der ich dir erzählt habe.«

»Nicht schon wieder«, Frankie hob eine Hand zur Nasenwurzel und drückte fest auf den Raum zwischen seinen Augen. »Wir haben das durchgekaut, Harlan. Viele Touristen fahren durch die Stadt-«

»Sie war in einem schwarzen SUV mit falschem Kennzeichen!« Harlan warf die Hände hoch, verärgert darüber, dass Frankie sich weigerte, die Vernunft seiner Überzeugung zu sehen. »Ich habe das Kennzeichen überprüft, und die Nummer existiert nicht. Die Fenster waren getönt. Und welcher Tourist würde mehrmals pro Woche durch die Stadt fahren? Wohin geht sie? Was versteckt sie?«

»Nichts anderes als jeder andere, würde ich meinen«, sagte Frankie und schüttelte den Kopf.

»Sie ist ein Spook. Eine Regierungsagentin, die Rachel besucht und uns alle ausspioniert. Jamal hat mir geglaubt und-« Harlan hielt inne, sein Mund klappte auf. »Du glaubst doch nicht...«

»Was glauben?«

»Ich habe ihm von der Frau erzählt, und dann ein paar

Nächte später...« Harlan pausierte wieder. »Jamal hat mich versprechen lassen, es nicht zu sagen, aber er hat etwas gesehen, Frankie. Etwas am Himmel in der Nacht bevor er starb. Siehst du nicht, wie alles zusammenpasst? Die Frau. Jamal. Das, was er gesehen hat. Er wusste zu viel, und sie haben ihn ausgeschaltet!«

»Was wusste er genau?« Frankies Frage klang eher neugierig als ablehnend. »Niemand in dieser Stadt weiß etwas, das es wert wäre, dafür zu töten.«

Harlan zögerte und überlegte, ob er das Vertrauen seines nun verstorbenen Freundes verraten sollte. Jamal hatte ihm die Geschichte bei einem späten Kaffee erzählt, und jetzt, nachdem er Harlan zur Geheimhaltung verpflichtet hatte, war er tot. Es fiel Harlan ein, dass – wenn die Regierung auch ihn erwischen würde – das Geheimnis für immer verloren sein könnte. Harlan holte tief Luft. »Ich erzähle es dir nur für den Fall, dass sie mich auch töten«, sagte Harlan. »Ich will nicht, dass das Geheimnis mit mir stirbt. Also... in der Nacht bevor er starb...« Harlan hielt inne, schluckte schwer und fuhr dann fort. »Jamal sah ein echtes, waschechtes Alienschiff – ein UFO. Über dem Diner.«

»Ein UFO?« Unglaube färbte Frankies Stimme.

»Eine Lichtkugel«, fuhr Harlan fort. »Sie schwebte ganz tief direkt vor den Fenstern des Diners. Dann, wusch – weg! Schneller als alles von Menschen Gemachte. Es bewegte sich auf eine Weise, wie kein menschliches Objekt es könnte. Jamal war so schockiert, dass er sagte, er hätte einen Teller fallen lassen. Er lebte hier mehr als ein Jahrzehnt und hatte nie etwas gesehen, und dann gestern Abend – änderte sich alles.«

»Bist du sicher, dass Jamal dich nicht verarscht hat?« fragte Frankie zweifelnd.

»Nein, nein, nein, so war es nicht. Er war aufgeregt wie ein Kind am Weihnachtsmorgen«, sagte Harlan, die Erinnerung lebhaft in seinem Kopf. »Er hat mich zur Geheimhaltung verpflichtet, weil er es allen erzählen wollte. Er wollte das

Mädchen im rosa Wohnwagen bitten, ihm zu helfen, seine Geschichte zu verbreiten-«

»Bianca?«

»Richtig. Er wollte, dass sie eine Geschichte mit ihm darüber macht. Er sagte, er dachte, dass sie zusammen die Wahrheit teilen und die Welt verändern könnten. Aber jetzt, nur ein paar Nächte später, ist er...«

»Tot«, beendete Frankie den Satz, das Wort wie ein Stein, der in stilles Wasser fällt.

»Genau.« Harlans Augen hielten Frankies Blick, ohne zu blinzeln. Die Stille dehnte sich zwischen ihnen aus, dick mit unausgesprochenen Gedanken und dem nächtlichen Chor der Wüste draußen. Frustriert über Frankies mangelnde Reaktion begann Harlan auf und ab zu gehen, seine Gedanken rasten, während er die Teile zusammensetzte. »Die Frau im Van. Das UFO. Jamals Tod. Es ist alles verbunden, verstehst du nicht? Die Regierung ist hier in Rachel, weil sie wussten, dass die Aliens kommen würden. Und Jamal war einfach zur falschen Zeit am falschen Ort.« Seine Stimme sank zu einem verschwörerischen Flüstern, als könnten die Wände selbst zuhören. »Die Frau im Van muss ihn getötet haben.«

Frankies Schnurrbart zuckte skeptisch. »Du denkst, sie hat Jamal umgebracht, um ihn zum Schweigen zu bringen?«

»Genau«, bestätigte Harlan mit einem so scharfen Nicken, dass es wie ein Satzzeichen wirkte. »Regierungstypen, die wollen nicht, dass wir von ihren Geheimnissen wissen.«

»Harlan«, seufzte Frankie und fuhr mit einer Hand durch sein schütteres Haar. »Du bist der *Einzige*, der die Frau gesehen hat. Niemand sonst in der Stadt weiß, wovon zum Teufel du redest-«

»Vielleicht will sie es so!« rief Harlan und warf die Hände in die Luft. »Aber es ist die Wahrheit.«

»Harlan, du musst das loslassen. Lass die Detektive ihre Arbeit machen.«

»Frankie, ich-«

»Nein.« Frankie hob eine Hand, um einer weiteren Theorie zuvorzukommen. »Ich will's nicht hören.«

»Schön.« Harlans Antwort war knapp, aber sein Kopf arbeitete an unausgesprochenen Plänen.

»Halt dich raus«, wiederholte Frankie und deutete zur Betonung mit einem schlaksigen Finger, bevor er sich auf dem Absatz umdrehte und in die Wüstennacht hinausmarschierte.

Die Wohnmobiltür schloss sich mit einem Klicken und ließ Harlan allein mit dem Bildschirmschein, der sein bärtiges Gesicht in blaues Licht tauchte. Er beobachtete das Flackern, bevor er den Ton wieder aufdrehte und zuließ, dass die Stimme des Verschwörungstheoretikers über Regierungsüberwachung und Vertuschungsaktionen weiterdröhnte. Ein Grinsen zuckte in einem Mundwinkel.

Halt dich raus, dachte er bei sich und stellte sich bereits das morgige Gespräch mit den Detektiven vor. *Keine Chance.*

Der Wüstenwind flüsterte draußen und warf unheimliche Schatten gegen die Jalousien des Wohnmobils. Aber im Inneren war Harlans Entschlossenheit so fest und unverrückbar wie die uralten Berge, die den Horizont einrahmten. Morgen würde er mit den Detektiven sprechen. Und vielleicht, nur vielleicht, wären sie die ersten Menschen in Rachel, die jemals eine seiner Geschichten glauben würden.

KAPITEL SECHS

ALLEN

IM WOHNMOBIL neben Harlans war Allen noch immer erschüttert von dem, was heute Morgen im Diner passiert war. Er hatte noch nie eine Leiche gesehen. Und Jamals Körper zu sehen – ein Mann, mit dem er jeden Tag zusammengearbeitet hatte – hatte ihn bis ins Mark erschüttert. Es hatte ihm deutlich gemacht, dass das Leben gemein ist. Und brutal. Die Welt war ein Ort, an dem nur die Starken überlebten.

Allen war Anfang dreißig – ein junger Mann – aber an den meisten Tagen fühlte er sich, als wäre er in seinen Achtzigern. In Rachel passierte nie etwas Interessantes, und er hatte jeden Tag seines Erwachsenenlebens im selben Diner gearbeitet.

Aber in den letzten 24 Stunden hatte sich seine Welt auf den Kopf gestellt.

Durch einen Spalt in den Vorhängen seines gemütlichen Wohnmobils fixierte Allens Blick die Szene, die sich draußen abspielte. Sein Nachbar – Harlan – mit einem Bart wie ein Dornenbusch, gestikulierte wild mit einer Hand, die auch als Bärentatze durchgehen könnte. Er sprach mit Frankie, der vor seinem Wohnmobil stand und mit einer Geduld nickte, die an Heiligkeit grenzte.

»Frankie«, sagte Harlan, seine Stimme durch die dünnen Wände des Wohnmobils gerade noch hörbar, »du musst verstehen, diese Frau ist von der Regierung und Jamal hat ein UFO gesehen. Das ist alles, was es dazu gibt.«

Allen verdrehte die Augen so heftig, dass er befürchtete, sie könnten stecken bleiben. Er kannte das Drehbuch von hier an – jeden Augenblick würde Frankie das Gespräch umlenken und irgendwie von außerirdischer Kommunikation zum Zustand von Harlans Wohnmobil springen. Frankie würde – etwa einmal im Monat – Harlan bitten, aufzuräumen, aber es verbesserte sich nie etwas.

Mit einem Handgelenkschwung zog Allen die Vorhänge zu und sank in seinen muffigen Sessel. Seine Augen wanderten zu dem schief hängenden Diplom an der Wand – ein Zeugnis eines überholten Triumphs. *Technikabschluss, von wegen*, dachte Allen. Allen war arm geboren und hatte sein Bestes getan, um etwas aus sich zu machen. Er hatte zehn Jahre gebraucht, um sein Studium mit einem Abschluss in Technik abzuschließen, aber jetzt, wo er den Abschluss hatte, entließ die Technologiebranche links und rechts Leute. Es gab kaum Jobs zu finden.

Harlan hat das Handtuch im Leben geworfen, grübelte Allen und kratzte an einem Fleck auf seiner Jeans. *Deshalb reinigt er seinen Wohnwagen nie. Vielleicht sollte ich auch aufhören, meinen zu putzen.*

»Das Leben ist ein Glitch«, sagte er laut und grinste über sein eigenes Wortspiel. Dann wanderten seine Gedanken, wie das Steppengeröll draußen, zu Jamal. Guter alter Jamal, mit seinem Bauchgelächter und seinen Schürzenschwüngen. Ungerechtigkeit hielt diesen Mann nicht auf. Sie trieb ihn an.

»Vermisse deine UFO-Pfannkuchen jetzt schon«, flüsterte Allen, ein Lächeln spielte auf seinen Lippen. Jamal hatte in diesem Diner mehr als nur Frühstück zubereitet; er hatte auch Teller voller Perspektiven serviert.

Allen stand auf, durchquerte den Raum und griff unter

den Wohnzimmertisch. Seine Finger streiften das kühle Metall einer kleinen Geldkassette. Mit einem schnellen Druck gab der Riegel nach, der Deckel sprang mit einem Knarren auf, das in der Stille des Wohnmobils zu laut wirkte. Allens Augen verengten sich auf den Inhalt, seine Hand schnappte ein einzelnes Dokument, auf dem Jamals Name prangte.

Das Papier fühlte sich schwer an, belastet mit mehr als nur Tinte – eine letzte Reliquie von einem Mann, der jede Verschwörungstheorie wie ein Evangelium klingen ließ. Allen überflog es schnell, seine Augenbrauen zogen sich zusammen.

»Die Leute haben dich abgeschrieben, Jamal. Sie wussten nicht, dass du mehr warst als nur Pfannkuchen und fliegende Untertassen«, murmelte er und verstaute das Dokument zurück in der Box. Er schloss das Schloss, das Geräusch unterstrich seine Entscheidung, diesen merkwürdigen Fund unter Verschluss zu halten.

Niemand wusste, wie großartig du warst, außer mir, dachte Allen bei sich.

Allen beugte sich zu seinem Computer, der auf einem Schreibtisch am anderen Ende des Raumes stand. Die Tastatur klickte, als er eine E-Mail schrieb. Die Betreffzeile lautete schlicht:

»Ich weiß.«

Allen hoffte, dass das Senden dieser E-Mail ihm erlauben würde, das Diner in Frieden zu führen und Jamal gerecht zu werden. Mit einem tiefen Seufzen drückte er auf Senden, und der Computer machte ein rauschendes Geräusch. Es war getan.

Allen schlurfte in die Küche, holte einen Becher Instantnudeln aus der Speisekammer, füllte ihn mit Wasser und stellte ihn dann in die Mikrowelle. Es gab ein Klappern, als der Becher sich im Kreis drehte. Allen wusste, dass morgen anders sein würde. Er müsste das Diner alleine öffnen und hätte keine Zeit, vor seiner Schicht zu essen. Während er einen Topf mit Wasser füllte und das leise Summen des Wüstenabends sich um ihn herum ausbreitete, erlaubte Allen sich ein kleines Lächeln. In einer Welt voller Geheimnisse waren manchmal die einfachsten Freuden die tiefgründigsten. Aber er sollte es jetzt genießen.

Er würde nicht mehr lange Nudeln essen.

KAPITEL SIEBEN

MORGENLICHT kroch durch einen Spalt zwischen den Vorhängen und warf einen sanften Schein auf Annies Gesicht. Mit einem Stöhnen öffnete sie ihre Augen und musterte das gemütliche Innere ihrer neuen mobilen Kommandozentrale. Der Wohnwagen war zwar klein, aber ein Hort der Effizienz, jeder Zentimeter maximal genutzt. Ein Hochbett schwebte über dem Raum, erreichbar über eine schmale Leiter, die sie gestern Nacht mit Vorsicht erklommen hatten.

»Noch ein Tag«, murmelte Annie, während ihre Muskeln protestierten, als sie sich unter der Wärme der geteilten Decken hervorschlängelte. Sie schwang ein Bein über den Rand des Hochbetts und machte sich an der Leiter hinunter.

»Vorsichtig«, murmelte Ethan, noch halb im Reich des Schlafes, seine Stimme ein tiefes Grummeln in der engen Umgebung.

»Bin ich immer«, antwortete sie, als ihre Füße den kühlen Vinylboden berührten.

Sie trat seitwärts zur kompakten Küchenzeile, füllte den Topf mit Wasser und schaufelte gemahlene Bohnen in die Maschine. Das reiche Aroma von Kaffee erfüllte bald den Raum, ein vertrauter Trost gegen die Ungewissheit ihres Falls.

»Russel«, sagte Ethan, als wäre der Name selbst ein Rätsel. »Ich habe letzte Nacht über ihn nachgedacht. Er hat uns wieder in einen Fall verwickelt. Warum musste er ausgerechnet sterben?« Ethan setzte sich auf und streckte seine Arme weit, während er gähnte. »Wäre verdammt viel einfacher gewesen, wenn er höflich genug gewesen wäre, durchzuhalten, bis wir den Standort seines Verstecks erfahren hätten.«

»Unglaublich unhöflich von ihm«, stimmte Annie zu und goss zwei dampfende Tassen Kaffee ein.

Es gab ein dumpfes Geräusch, als Ethan vom Hochbett sprang und Annie auf festem Boden Gesellschaft leistete. Sie ließen sich an der kleinen Essecke nieder, ihre Knie berührten sich unter dem Tisch in dem engen, aber gemütlichen Wohnbereich. Annie griff nach einer Akte, die sie auf dem Tisch gelassen hatte, und entfaltete die Karte, die Fleur für sie nachgezeichnet hatte. Daneben entfaltete sie eine zweite Karte, die die erste spiegelte, aber leicht abwich, da sie größere Wahrzeichen und historische Stätten in dreidimensionalen Silhouetten enthielt.

»Russels Versteck ist irgendwo in diesem Quadranten«, sagte Annie und zeigte auf ein Gebiet leerer Wüste oberhalb der Stadt Rachel. »Sicher. Versteckt. Mit Stromversorgung. Der Ort muss weit genug von anderen entfernt sein, damit er schwer zu finden wäre, wenn ›Das Kollektiv‹ anklopft. Aber er braucht auch Strom, um Computer und Ortungsgeräte zu betreiben.«

»Wenn es wirklich ein Kommandozentrum war, wie uns gesagt wurde, hätte er eine technische Signatur«, stimmte Ethan zu. »Russel hätte versucht, sie zu verstecken, natürlich, vielleicht mit Hilfe der Topografie-«

»Berge?«, schlug Annie vor und tippte mit einem Finger auf die rauen Umrisse der nördlichen Klippen, die das Becken begrenzten.

»Zu schwierig für einen Mann«, wandte Ethan ein, sein

Blick scharf und berechnend. »Es könnten einige Höhlen oder Aushöhlungen existieren, aber Wasser und Strom einen Hang hinaufzubringen, ist ein Albtraum. Es besteht immer die Möglichkeit, dass er ein bestehendes Gebäude renoviert hat...«

»Aber die Gebäude hier draußen sind kaum brauchbar«, sagte Annie und schüttelte den Kopf. »Puste sie an und sie fallen um. Nicht gerade ein Rezept für Sicherheit.«

»Und es ist zu offensichtlich«, stimmte Ethan zu.

»Unterirdisch dann?«, Annies Gedanken rasten durch die Möglichkeiten.

»Plausibel«, räumte Ethan ein. »Es braucht nicht viel, um einen Raum unter dem Sand auszuhöhlen. Verkleidung aus Metall. Man kann sogar vorgefertigte Atombunker bekommen. Einen unterirdisch versenken. Niemand wird es merken.«

Annies Augen weiteten sich, als sie die zweite Karte betrachtete, die mit Bildern der wenigen Strukturen in der Wüste übersät war. »Er brauchte keinen Atombunker«, sagte Annie und schüttelte den Kopf. »Schau dir das an«, sie zeigte auf einen Ort auf der Karte, der nur zwanzig Minuten Fahrt außerhalb der Stadt Rachel lag. »Dort draußen gibt es ein Netzwerk verlassener Minen.«

Ethan nickte. »Das ist gut, Annie«, stimmte er zu. »Eine verlassene Mine würde es tun. Alles, was Russel tun musste, war Strom hineinzubringen. Vielleicht mit einem Generator. Auch wenn er unter der Erde wäre, würde er immer noch eine Wärmesignatur abgeben oder Spuren der Technologie, die er nutzte...« Ethan blickte zu Annie, ein stiller Austausch der Zustimmung. »Wir müssen Milo anrufen.«

»Gute Idee«, sagte Annie und dachte an ihren jungen Freund in Virginia. Milo war ein Technikgenie, der in einem umgebauten Atombunker lebte. Er konnte alles hacken, vom Desktop-Computer seines Nachbarn bis zum Finanzministerium der Vereinigten Staaten.

Annies Finger waren flink, als sie das Wegwerfhandy – ein Geschenk von Milo – aus seinem Versteck im Futter ihrer Tasche holte. Annie wählte seine Nummer, die sie nie vergessen konnte, selbst wenn sie gewollt hätte. Ihr perfektes Gedächtnis war ein Käfig, der jedes Detail einfing, einschließlich Telefonnummern. Die Nummern klickten leise in der Stille des Wohnmobils. Die Leitung knisterte zum Leben.

»Annie? Bist du das?« Die Stimme am anderen Ende war distanziert, aber nicht ohne Wärme. »Krass.«

»Woher wusstest du das?« Annie lächelte beim Klang von Milos Stimme. Wenn sie raten müsste, würde sie sagen, dass er kürzlich einen Essbaren zu sich genommen hatte – vielleicht in Form von Gladys' berühmten Brownies – und high wie ein Drachen war.

»Niemand sonst ruft mich von einer unbekannten Nummer an«, antwortete Milo. »Ich habe mein Telefon so eingestellt, dass sogar blockierte Anrufer angezeigt werden, außer natürlich für das Wegwerfhandy, das ich dir gegeben habe. Ich muss sagen, damit habe ich mich selbst übertroffen.« Er kicherte, sein Lachen höher als gewöhnlich. Jetzt war Annie sicher, dass er einen Brownie gehabt hatte.

»Natürlich hast du das«, sagte Annie. »Zeit für deinen Zauber, Milo. Wir brauchen Augen am Himmel. Ich schicke dir die Koordinaten per SMS. Wir suchen nach Satellitenscans für Wärmesignaturen oder Signale von jemandem, der Computer in einem Netzwerk verlassener Minen benutzt.«

»Hey, kein Problem«, antwortete Milo. »Die Satelliten zu hacken ist der leichte Teil, aber es wird ein paar Tage dauern, bis ich euch einen genauen Standort geben kann.« Annie konnte bereits Tastenanschläge im Hintergrund hören.

»Verstanden«, meldete sich Ethan und nahm Annie das Telefon ab. »Wir fliegen blind, bis wir deine Informationen haben.«

»Das wird Spaß machen. Ich lebe dafür. Aber ihr Leute...

Ein toter Verdächtiger hilft eurem Fall nicht, oder?« Milo lachte düster.

»Sackgassen überall«, bemerkte Annie. »Wir lösen dieses Mal zwei Mysterien gleichzeitig.«

»Ha! Zwei Mysterien gleichzeitig. Typisch Hudson«, antwortete Milo. »Bleibt wachsam, ihr beide. Und denkt daran, traut niemandem. Nur Wegwerfhandys, ja? Verschwindet mir nicht.«

»Danke, Milo. Wir warten auf deinen Anruf«, schloss Annie, bevor sie die Verbindung beendete.

Das Telefon klickte zu. Annie fuhr mit dem Finger über die abgenutzten Ränder der Karte, deren Falten durch ihre kürzlichen Beratungen vertieft worden waren. Der kleine Esstisch des Wohnmobils konnte kaum die Fülle an Möglichkeiten fassen, die vor ihnen ausgebreitet lag.

»Während Milo sein Bestes gibt, kehren wir zu Jamal zurück«, sagte Annie. »Unser zweites Mysterium.«

»Was ist deine Spur, Annie?«, fragte Ethan.

»Ich möchte mit allen Bewohnern des Wohnwagenparks sprechen. Aber besonders mit Giselle und Allen«, sagte Annie, Bilder ihrer Gesichter überfluteten ihren Geist. »Sie waren die letzten, die Jamal lebend gesehen haben. Wir fangen dort an und gehen dann zu den anderen Bewohnern von Rachel über. Wir können sie über Jamal befragen und gleichzeitig...«

»Russel-Sichtungen?«, fragte Ethan.

»Gleiche Liste, doppelte Fragen.« Annie stand auf und streckte ihre Beine, die durch die Enge des Raumes verkrampft waren. »Wir beginnen-«

Ein Klopfen donnerte gegen die Tür.

»Gerade jetzt«, sagte Annie, niedergeschlagen von der Unterbrechung.

»Erwartest du jemanden?« Ethans Augenbrauen wölbten sich.

»Nichts, was ich erwarte, läuft jemals nach Plan, also habe

ich vor langer Zeit aufgehört zu erwarten«, Annie zwinkerte ihm zu. Dann schritt sie zur Tür des Wohnmobils, wo ihre Hand das kühle Metall des Türknaufs fand. Sie öffnete sie und enthüllte Harlan.

Er stand im Eingang, sein Haar zurückgestrichen, sein dicker Bart gab ihm das Aussehen eines Mannes, der sich in der Wildnis wohler fühlte als zwischen Wänden. Seine Augen, die sonst in Theorien über Regierungsgeheimnisse verloren waren, wurden jetzt durch Dringlichkeit geschärft.

»Muss reden. Über den Mord.« Harlans Stimme war leise, aber beharrlich.

»Und Sie sind...?«, fragte Annie mit einem strahlenden Lächeln im Gesicht.

»Harlan. Der in- dem unordentlichen Wohnmobil«, sagte Harlan und zeigte auf das heruntergekommene Wohnmobil, das neben ihnen geparkt war.

»Ah«, sagte Annie, Verständnis huschte über ihr Gesicht. »Kommen Sie rein. Ich denke, wir können einen Besuch von einem Nachbarn nicht ablehnen.« Annie trat zur Seite und ließ Harlan in den Wohnwagen eintreten. Er schüttelte Ethan die Hand und setzte sich an den Tisch, was Ethan zwang, einen weiteren Stuhl heranzuziehen.

»Ich weiß, wer es getan hat«, sagte Harlan und blickte sie hoffnungsvoll an. »Ich weiß, wer Jamal getötet hat.«

»Nun«, sagte Ethan und grinste Annie an. »Gott sei Dank. Einmal - haben wir einen einfachen Fall.«

KAPITEL ACHT

HARLAN

HARLANS HAND ZITTERTE, die Tülle der Kaffeekanne klapperte gegen den Rand einer Tasse, als er versuchte, sich noch einen Schluck einzuschenken. Dunkle Flüssigkeit schwappte über den Rand, einige Tropfen trafen mit leisem Klopfen auf den Tisch. Seine dritte Tasse. Annie beobachtete das nervöse Wippen seines Knies unter dem laminierten Holz.

»Vielleicht weniger Kaffee?«, schlug sie vor und beäugte Harlans unruhiges Bein.

»Nein«, erwiderte Harlan zu schnell. »Ich mache das ständig. Bin praktisch immun gegen das Zeug.«

Er nahm hastig einen Schluck und verzog das Gesicht, als der heiße Sud seine Zunge verbrannte. Er stellte die Tasse ab und lehnte sich vor, die Ellbogen gruben sich in den Tisch. Die Dringlichkeit in seinen Augen war spürbar.

»Also wie ich schon sagte«, begann er, seine Stimme kaum mehr als ein Flüstern, »ich sehe diese Frau seit Wochen überall.«

Annies scharfer Blick richtete sich auf ihn, ihr Verstand zerlegte bereits jedes Wort. Ethan stand an der Küchenzeile, die Arme verschränkt, skeptisch, aber aufmerksam.

»Schwarzer Van. Ohne Kennzeichen.«, fuhr Harlan fort, die Worte purzelten jetzt aus ihm heraus. »Getönte Scheiben. Aber ich habe ihr Gesicht gesehen.«

»Weiter«, drängte Annie, ihr Ton durchschnitt die Spannung.

»Also«, Harlan hob die Hände. »Bevor du mir sagst, dass ich verrückt bin, lass mich einfach meinen Fall darlegen-«

»Ich halte dich nicht für verrückt«, antwortete Annie fröhlich. Ein Lächeln spielte um ihre Lippen, und ein freundlicher Blick in ihren Augen sagte Harlan, dass sie es wirklich ernst meinte.

»Du- du nicht?«, fragte Harlan überrascht. »Ich meine, du glaubst mir?«

»Warum sollte ich nicht?«, fragte Annie ernst. »Nach dem, was du bisher gesagt hast, klingt diese Frau wie jemand, der aus einem bestimmten Grund hierherkommt. Als Bewohner der Stadt Rachel hast du jedes Recht, ungewöhnliche Besucher zu bemerken.«

»Das- das habe ich!«, sagte Harlan, überrascht, ernst genommen zu werden. Er war so daran gewöhnt, als lokaler Verschwörungstheoretiker abgetan zu werden, dass es ihn fast entwaffnete, beim Wort genommen zu werden. Er fühlte sich überrumpelt, als hätte ihn jemand zu einer schicken Party eingeladen, die er schon immer besuchen wollte, für die er aber kein passendes Outfit hatte.

»Also«, sagte Annie und verschränkte die Arme auf dem Tisch. »Wo hast du diese Frau gesehen?«

»Tankstelle«, sagte Harlan und gestikulierte vage mit seinen Händen. »Sie hielt an, um zu tanken. Ein anderes Mal am Straßenrand – Telefonat. Konnte nichts hören, aber sie ist aus dem Auto gestiegen, um den Anruf entgegenzunehmen. Was mich fragen ließ, ob der Van vielleicht Blockierfähigkeiten hat. Weißt du, um Tracking und so zu verhindern.«

»Noch etwas?«, bohrte Annie nach und lehnte sich näher heran.

»Sie ist immer allein«, fügte Harlan hinzu und nickte. »Immer in Bewegung.«

»Okay«, bestätigte Annie und setzte sich zurück. »Erzähl weiter.«

Harlans Finger trommelten einen Stakkato-Rhythmus auf die Tischplatte, seine Augen huschten zwischen Annie und Ethan hin und her. »Sie ist groß«, begann er, ein leichtes Zittern in seiner Stimme verriet den Koffein-Rausch. »Weiß. Durchtrainiert. Und ihre Haare – die sind so... asymmetrisch.«

»Kannst du das beschreiben?«, fragte Annie in ermutigendem Ton.

»Sie sind kurz«, erklärte Harlan und formte seine Worte mit gezielten Gesten. »Eine Seite ist länger, fällt über.«

»Ihre Kleidung?«, hakte Annie nach, ihr Verstand katalogisierte die Details.

»Dunkle Töne. Immer.« Harlan kniff die Augen zusammen, als versuche er, sich die Frau deutlicher vorzustellen. »Einfach. Cargohose, schlichtes Tanktop. Telefon – als wäre es an ihre Hand geklebt.«

»Hast du sie irgendwo drinnen gesehen? Diner, Geschäfte?«, fragte Annie, ihre Augen verengten sich.

»Nie.« Harlan schüttelte den Kopf. Sein Bart sträubte sich bei der Bewegung. »Ich habe gesehen, wie sie tankt, und das war's. Sie geht nie in ein Geschäft. Redet nie mit Menschen.«

»Das ist seltsam.« Ethan lehnte sich gegen die Wand, die Arme verschränkt. »Wer verzichtet auf Essen?«

Annies Ton war jetzt ganz geschäftsmäßig. »Ihr Auto. Wenn es die Stadt verlässt, in welche Richtung fährt es?«

»Norden.« Harlans Blick folgte einem imaginären Pfad. »Jedes Mal. Dann verschwindet sie. Stunden später kommt sie aus dem Norden zurück. Dann fährt sie Richtung Süden. Die gleiche Routine jedes Mal.«

»Und niemand sonst hat mit ihr gesprochen?«, Annies Frage war scharf, sondierte nach Unstimmigkeiten. »Keine Einheimischen?«

»Nein. Sie ist wie ein Geist«, bestätigte Harlan. »Fährt durch, hinterlässt keine Spuren.«

»Interessant«, sinnierte Annie, ihr Gehirn arbeitete an verschiedenen Möglichkeiten. Das Muster. Die Stille. Ein Puzzlestück, das darauf wartete, einzurasten.

Harlans Bein wippte wie ein Metronom, das auf einen hektischen Takt eingestellt war. Seine Hand umklammerte die Kaffeetasse mit einer Intensität, die das Porzellan knirschen ließ. »Ich glaube, sie hat mit Jamals Mord zu tun«, platzte es aus ihm heraus, seine Stimme leise und drängend.

Annie lehnte sich vor, die Ellbogen auf dem Tisch, ihr Gesicht eine Maske kalkulierten Interesses. »Warum glaubst du das?«

»Weil«, Harlan hielt inne, seine Augen wanderten von Annie zu Ethan. »Es gibt mehr. Ihr kauft es mir vielleicht nicht ab. Weil es mit – da draußen – zu tun hat.« Er deutete zur Decke des Wohnmobils.

»Da draußen?«, Ethans Augenbraue hob sich, Skepsis zeichnete sich in den Linien seiner Stirn ab.

»Weit draußen.« Die Worte purzelten von Harlans Lippen. »In der Nacht, bevor er starb, erzählte mir Jamal etwas Geheimes. Etwas, das er unbedingt teilen wollte. Tatsache ist, er hatte hier lange gelebt und glaubte nie an den ganzen Alien-Kram. Aber dann – in der Nacht bevor er starb...« Harlan nahm einen tiefen Atemzug. »...hat Jamal ein UFO gesehen.«

Ethans Kichern war hinter seiner Hand gedämpft, aber Harlan bemerkte es. Eine Beleidigung. Annie warf Ethan einen missbilligenden Blick zu.

»Halsweh, Ethan?«, Annies Tritt unter dem Tisch war scharf, ein stiller Verweis.

Ethan verwandelte das Kichern in ein Husten. »Allergien«, sagte er zu Harlan.

»UFOs sind real«, schnappte Harlan. Frustration säumte seine Stimme. »Der Kongress nennt sie jetzt UAPs. Sie hatten Anhörungen.«

»Okay, okay.« Ethan hob eine Hand, unklar, ob es ein Friedensangebot oder eine Kapitulation war.

»Jamal war kein Lügner«, fuhr Harlan fort, seine Überzeugung war eine spürbare Kraft in dem engen Raum. »Wenn er sagte, er hätte eines gesehen-«

»Dann hat er das.« Annies Zustimmung war abgewogen, ein Rettungsseil, das in turbulente Gewässer geworfen wurde.

»Jamal hatte alle Details. Er konnte mir genau sagen, wie es aussah. Er sagte, es war eine Kugel, die leuchtete – goldfarben – und sie schwebte sehr niedrig, nur wenige Meter außerhalb des Diner-Fensters. Es war, als würde es ihn fotografieren. Dann, als es merkte, dass er zusah, schoss es mit unmöglicher Geschwindigkeit davon, hinauf in den Himmel.« Harlans Blick durchbohrte das schwache Licht des Wohnmobils und fixierte Annie mit einer Intensität, die Stille gebot. »Die Frau. Sie ist deswegen hier«, flüsterte er, die Worte hingen schwer in der Luft.

»Hier wegen...«, Annies Stimme war ruhig, ihre Augen mit seinen verschlossen.

»Des UFOs.« Harlans Bein hörte auf zu wippen; er lehnte sich näher. »Diese Frau im schwarzen Van – sie ist vom Staat. Muss sie sein. Sie verfolgt das UFO, und deshalb tauchte sie in den letzten Wochen in Rachel auf. Sie wusste, dass es hierher kommen würde, und hoffte, es zu erwischen. Aber Jamal sah es zuerst. Also muss die Frau...«

Ethan bewegte sich unruhig. »Muss was?«

»Jamal sah das UFO.« Harlans Stimme wurde eindringlicher. »Es kam an, und er sah es. Sie muss es herausgefunden haben. Dann...« Er brach ab, eine grimmige Gewissheit zeichnete sich in seinen Gesichtszügen ab.

»Dann hat sie ihn getötet«, vollendete Annie für ihn, ihr analytischer Verstand verarbeitete jedes Wort.

»Um zu verhindern, dass die Geschichte rauskommt.« Harlan nickte, als wäre seine Theorie die einzig mögliche

Erklärung. »Seht ihr nicht, wie alle Teile zusammenpassen? Es ergibt perfekt Sinn.«

»Aber Vermutungen sind keine Fakten«, sagte Ethan und wiederholte Annies Lieblingssatz. »Nur weil die Teile zusammenpassen, heißt das nicht, dass die Geschichte wahr ist. Du brauchst Beweise, um die Theorie zu stützen.«

»Deshalb sind wir hier«, sagte Annie zu Harlan und nickte zustimmend. »Um die Fakten zu bekommen. Und alles, was du gesagt hast, war sehr hilfreich. Ich verspreche dir, ich nehme es ernst.«

»Gut.« Harlan lehnte sich zurück, erschöpft, seine Enthüllung lag zwischen ihnen offen da.

Annie stand auf, ihre Bewegungen präzise, ein Tanz der Notwendigkeit. »Danke, Harlan. Von hier an übernehmen wir.«

»Klar, klar.« Harlans Finger umklammerten die leere Tasse. Er ließ sie auf dem Tisch stehen, als er aufstand und seine Hände an der Hose abwischte. »Seid vorsichtig da draußen«, warnte Harlan, als er hinausging und Annie die Vordertür des Wohnmobils öffnete, seine Stiefel knirschten auf dem Kies. »Diese Frau? Sie ist gefährlich. Das spüre ich.«

»Das werden wir sein.« Annie sah zu, wie Harlan zurück zu seinem eigenen heruntergekommenen Wohnmobil trottete, fühlte sich leichter, nachdem er seine Geschichte mit jemandem geteilt hatte, der ihm die Aufmerksamkeit schenkte, die er verdiente.

Die Tür schloss sich mit einem leisen Klicken, verschloss das Geflüster von Verschwörungen und hinterließ eine Stille, die von Gedanken durchbrochen wurde, die zu wild waren, um sie auszusprechen.

»Kannst du diesen Typen glauben?«, sagte Ethan und lachte ein wenig.

Annie sah ihn ernst an, ein besorgter Ausdruck huschte über ihr Gesicht. »Eigentlich... tue ich das.«

KAPITEL NEUN

ALLEN

ALLEN WUSSTE, was er tun musste. Er hasste es, dass sein Leben an diesen Punkt gekommen war. Alles, was er gewollt hatte, war einen tollen Job zu finden, der ihn aus Rachel herausbringen würde. Er hatte den Abschluss gemacht und nach Arbeit gesucht, aber trotzdem – die Jobs waren nie aufgetaucht. Jetzt steckte er hier fest, in einer Kleinstadt ohne Perspektiven.

Allen saß in Jamals Büro, das sich im hinteren Teil des Diners befand. Es war ein Chaos, genau wie das Innere von Allens Kopf.

Die Tastatur klickte, während Allen eine E-Mail tippte. Er hatte sich in Jamals Account eingeloggt und verschickte die E-Mail als sein ehemaliger Chef.

Es wird schon gut gehen, dachte er bei sich. Alles, was er tun musste, war den Mund zu halten.

KAPITEL ZEHN

BIANCA

ES WAR 9 UHR MORGENS, als Bianca das Klopfen an der Tür ihres Wohnmobils hörte. Sie wusste, dass es die beiden Detektive – Annie und Ethan – waren, ohne die Tür öffnen zu müssen. Eine am Rand ihres Wohnwagens angebrachte Sicherheitskamera lieferte Live-Bilder auf eine Reihe von Bildschirmen im Inneren. Die Kamera war eine von vielen, die sie nicht nur im Wohnmobilpark, sondern in der ganzen Stadt aufgestellt hatte, in der Hoffnung, seltsame außerirdische Lebensformen zu entdecken, die die Zuschauerzahlen auf ihrem YouTube-Kanal steigern könnten. Bisher waren die Ergebnisse enttäuschend gewesen. Nichts als streunende Katzen und betrunkene Touristen.

Zeit, das Spiel zu spielen, dachte Bianca, als sie von ihrem Stuhl aufstand und die Arme weit ausstreckte, während sie gemächlich zur Vordertür des Wohnmobils ging. *Hoffentlich wissen diese Detektive, worauf sie sich einlassen.*

Es gab ein knarrendes Geräusch, als sie die Tür öffnete und Annie und Ethan zum Vorschein kamen.

»Guten Morgen«, lächelte die Frau – Annie – sie an. »Wir sind–«

»Die Detektive«, nickte Bianca. »Ich weiß.« Sie warf einen

Blick über ihre Schulter auf die Monitore hinter ihr. »Ich weiß alles, was hier vor sich geht.«

Annie nickte ermutigend, als ob sie Biancas hoher Selbsteinschätzung zustimmte. »Dann können Sie uns hoffentlich bei der Lösung des Falls helfen? Jamal, der Besitzer des Diners *Alien Eats* wurde–«

»Ermordet«, antwortete Bianca. »Wie gesagt... ich *weiß* Bescheid. Kommen Sie rein.«

Bianca trat zur Seite und ließ Annie und Ethan in ihr High-Tech-Wohnmobil eintreten. Der Innenraum war ein sauber gestaltetes Labyrinth aus Kabeln, Monitoren und Computerausrüstung – umgeben von rosafarbenen Wänden und charmanten Dekorationen in einer Influencer-Chic-Ästhetik. Ein Neonschild an der Wand verkündete »*Follow your dreams*«. Funkelnde Lichter umrahmten die Fensterbank. Die Dekoration entging Ethan nicht, der eine Augenbraue hochzog, als er die Szenerie in sich aufnahm. Annie hingegen blieb auf Bianca konzentriert.

»Sie haben also Kameras in der ganzen Stadt?«, fragte Annie in einem Ton, der eine Mischung aus Neugier und Misstrauen war.

Bianca grinste und deutete auf die Reihe von Bildschirmen. »Jap, kabellose, die direkt in meine Kommandozentrale hier übertragen. Man weiß nie, wann ein Alien auftauchen könnte, und ich will die Erste sein, die es mit der Kamera einfängt.«

Annie tauschte einen Blick mit Ethan, bevor sie sich wieder Bianca zuwandte. »Haben Ihre Kameras am Morgen von Jamals Mord zufällig etwas aufgenommen?«

Biancas Herz setzte einen Schlag aus. *Weiter lächeln*, dachte sie bei sich. *Lass sie nicht sehen, dass du schwitzt.* Sie wusste, dass sie Aufnahmen hatte, aber wenn sie diese teilen würde, würde sie ihr Geheimnis preisgeben. Schnell denkend, schüttelte sie den Kopf. »Nee, die hatten an dem Morgen eine

Störung. So ein Pech, oder? Aber ich habe einige Aufnahmen von vor dem Mord.«

Sie ließ sich in ihren Stuhl fallen und begann wie wild auf ihrer Tastatur zu tippen. Der Hauptmonitor flackerte auf und zeigte ein körniges Schwarzweißbild des Diners Alien Eats. Jamal erschien, schloss die Tür auf und trat ein.

»Sehen Sie? Da ist er, geht wie jeden anderen Morgen in den Diner.« Die Tür schloss sich hinter TV-Jamal, der nicht mehr zu sehen war. Dann verschwand das Bild und wurde durch Rauschen ersetzt.

Annie lehnte sich näher heran und studierte den Bildschirm. »Und dann?«

Bianca spulte das Band vor und übersprang Stunden von leerem Bildschirm. »Dann... nichts. Die Kameras fielen für ein paar Stunden aus. Das Nächste, was sie aufnahmen, war, wie Sheriff Giselle vorfuhr, gefolgt von Ihnen beiden.« Auf dem Monitor erwachte das Bild wieder zum Leben. Da war Giselles Sherifffahrzeug. Giselle stand daneben und beendete die Arbeit, das Absperrband aufzurollen. Als die Arbeit erledigt war, zeigte das Video, wie sie im Diner verschwand. Kurz darauf kam der weiße Pickup-Truck von Annie und Ethan an.

Bianca konnte Annies Blicke in ihrem Nacken spüren, aber sie hielt ihren Blick fest auf den Bildschirm gerichtet. *Bitte glaub es, bitte glaub es*, flehte sie im Stillen.

Ethan räusperte sich. »Das ist ein ziemlicher Zufall, finden Sie nicht? Dass Ihre Kameras genau dann ausfallen, wenn der Mord geschieht?«

Bianca zuckte mit den Schultern und tat gleichgültig. »Hey, ich bin nur eine kämpfende YouTuberin. Ich kann mir keine High-End-Ausrüstung leisten. Manchmal gibt es Fehler. Oder –«

»Oder was?«

»Oder vielleicht hat jemand den Feed manipuliert«, zuckte Bianca mit den Schultern.

Sie konnte erkennen, dass sie nicht vollständig überzeugt waren, aber sie musste bei ihrer Geschichte bleiben. Wenn sie ihr größtes Geheimnis herausfinden würden, wäre ihr Kanal ruiniert. Und wenn sie entdeckten, dass sie Beweise für den Mörder hatte... nun, sie wollte nicht einmal darüber nachdenken, was dann passieren könnte.

Annies Stirn runzelte sich, als sie Biancas Erklärung verarbeitete. Der Instinkt der Ermittlerin sagte ihr, dass es mehr zu der Geschichte gab, aber ohne handfeste Beweise musste sie vorsichtig vorgehen. Sie beschloss, den Kurs zu ändern, in der Hoffnung, einen neuen Ansatz zu finden.

»Bianca, wussten Sie, dass Jamal behauptet hat, in der Nacht vor seinem Mord ein UFO gesehen zu haben?«

Die Augen der YouTuberin weiteten sich, und ihr Mund öffnete sich vor Schock. »Warten Sie, was? Es *war* also ein UFO?«

Biancas Finger flogen erneut über die Tastatur und riefen eine andere Reihe von Aufnahmen auf. »Ich habe das in der Nacht vor seinem Tod mit der Kamera aufgenommen, aber ich war mir nicht sicher, ob es echt war oder nur ein seltsamer Lichteffekt.«

Der Bildschirm zeigte eine schwach beleuchtete Szene der Außenseite des Diners. Plötzlich erschien eine leuchtende Kugel, umkreiste das Gebäude und sauste dann in den Sternenhimmel. Annie und Ethan tauschten überraschte Blicke aus, aber Bianca war zu sehr in ihre eigene Aufregung vertieft, um es zu bemerken.

»Das erklärt, warum er mich treffen wollte«, dachte Bianca laut nach und erinnerte sich an die E-Mail, die sie von Jamal erhalten hatte, in der er sie auf einen Kaffee einladen wollte. Als Bianca in die Stadt gekommen war, hatte sie jedem ihre Karte gegeben und ihnen gesagt, sie sollten sich melden, wenn sie etwas Seltsames sähen. »Das ändert alles! Wenn Jamal es aus der Nähe gesehen hat, dann muss es eine echte UFO-Sichtung gewesen sein. Eine *echte*. Aber jetzt...«

Ihre Begeisterung verblasste, als die harte Realität einsank. »Jetzt ist er weg und kann meine Aufnahmen nicht bestätigen. Es ist, als würde das Universum sich gegen mich verschwören.«

Bianca sank in ihrem Stuhl zurück, eine Mischung aus Frustration und Verzweiflung zeichnete sich auf ihrem Gesicht ab. Annie setzte sich neben sie und bot einen verständnisvollen Blick.

»Es ist schwer – jung zu sein«, sagte Annie. »Etwas aus sich zu machen in einer Welt mit so wenig Möglichkeiten. Aber Sie sollten stolz sein«, fuhr Annie fort. »Ich habe mir Ihren Kanal angesehen. Es scheint, als hätten Sie UFOs im ganzen Land eingefangen.«

»Aber dieses hier war anders«, schüttelte Bianca den Kopf.

»Wie?«, fragte Annie.

Bianca atmete tief ein und bemerkte, dass sie voreilig gewesen war. Sie zupfte an ihrem rosa Nagellack, warf ihr Haar über die Schulter und überlegte, was sie sagen sollte. »Es war anders, weil es eine Kugel ist«, zuckte sie mit den Schultern. »Die meisten UFOs, die ich bisher gesehen habe, sind Untertassen oder Dreiecke. Enthusiasten sagen, dass die Kugeln die seltenste Art sind und die außerirdischsten.«

»Enthusiasten?«, lachte Ethan. »Für ein falsches Phänomen?«

Biancas Augen verengten sich, als sie sich in ihrem Stuhl drehte, um Ethan anzusehen. »Falsch? Du glaubst, das ist alles falsch?« Sie deutete auf die Reihe von Monitoren, von denen jeder eine andere UFO-Sichtung aus ihrer umfangreichen Sammlung zeigte. »Ich habe mein Leben dieser Forschung gewidmet, und ich kann dir versichern, es ist so real wie du und ich.«

Sie stand auf, ihre zierliche Gestalt beherrschte irgendwie den Raum. »Lass mich dich ein bisschen aufklären, Detektiv. In den letzten Jahren hat die US-Regierung endlich angefangen, dies ernst zu nehmen. Sie haben UFOs sogar zu UAPs umbenannt – Unidentified Aerial Phenomena – um das mit dem Begriff 'UFO' verbundene Stigma abzuschütteln.«

Bianca rief ein Video auf ihrem Hauptbildschirm auf. Es zeigte einen Kongressanhörungsraum mit einer Reihe hochrangiger Beamter. »Das ist von den historischen Kongressanhörungen zu UAPs im Jahr 2022. Zum ersten Mal bestätigte das Pentagon die Echtheit mehrerer UAP-Videos, die von Navy-Piloten aufgenommen wurden. Sie zeigten Objekte, die Manöver ausführten, die unserem derzeitigen Verständnis der Physik trotzen.«

Das Video spielte und zeigte ein körniges, schwarz-weißes Bild eines merkwürdigen Fluggeräts, das mit unglaublicher Geschwindigkeit über den Himmel huschte, bevor es in einem Augenblick verschwand.

Annie lehnte sich vor, ihre Augen auf den Bildschirm fixiert. »Ich erinnere mich, davon gehört zu haben. Es war eine große Geschichte.«

Bianca nickte begeistert. »Genau! Und das ist nur die Spitze des Eisbergs. Es gibt unzählige glaubwürdige Zeugen – Piloten, Astronauten, Regierungsbeamte – die mit ihren Erfahrungen an die Öffentlichkeit gegangen sind. Diese Piloten sind darauf trainiert, unsere Flugzeuge zu identifizieren, und selbst *sie* sagen, dass diese UAPs unmöglich unsere sein könnten. Wir haben nichts, das sich so bewegen kann! Die Beweise häufen sich, und es wird immer schwieriger, sie abzutun.«

Sie wandte sich wieder Ethan zu, ihr Blick intensiv. »Also, Detektiv, bevor du mein Lebenswerk als 'falsches Phänomen' abtust, solltest du vielleicht in Betracht ziehen, dass es viel mehr dahinter steckt, als man auf den ersten Blick sieht.«

Ethan hob seine Hände in einer versöhnlichen Geste. »Einverstanden. Ich entschuldige mich für meine Abweisung. Es ist nur... viel zu verarbeiten.«

Biancas Haltung entspannte sich leicht, und ein kleines Lächeln spielte auf ihren Lippen. »Ich verstehe das. Es ist ein

Paradigmenwechsel. Aber sobald du deinen Geist für die Möglichkeiten öffnest, ist es eine ganz neue Welt.«

Annie räusperte sich und lenkte das Gespräch zurück zum aktuellen Fall. »Bianca, ich weiß, dass das für Sie schwierig sein muss, aber wenn Ihnen noch etwas einfällt – irgendetwas –, das uns helfen könnte, Jamals Mörder zu finden, zögern Sie bitte nicht, sich bei uns zu melden. Und... noch eine Sache...«

Annie griff in ihre Tasche und zog ein Foto heraus, das sie über den Tisch zu Bianca schob. »Erkennen Sie diesen Mann? Sein Name ist Russel Grey.«

Bianca riss ihren Blick von den Monitoren los und studierte das Bild intensiv. Gerunzelte Brauen und zusammengepresste Lippen. Sie schüttelte den Kopf. »Tut mir leid, sagt mir nichts. Ich habe ihn hier noch nie gesehen.« Sie gab Annie das Foto zurück. »Steht er in Verbindung mit Jamals Mord?«

Annie steckte das Bild zurück in ihre Tasche, ihr Gesichtsausdruck unlesbar. »Wir untersuchen zu diesem Zeitpunkt alle Möglichkeiten.« Sie tauschte einen Blick mit Ethan aus, ein stilles Verständnis ging zwischen ihnen über.

Ethan räusperte sich. »Nun, vielen Dank für Ihre Zeit, Bianca. Wir schätzen Ihre Kooperation. Wenn Ihnen noch etwas einfällt, zögern Sie bitte nicht, uns zu kontaktieren.«

Bianca nickte, ihre Aufmerksamkeit driftete bereits zurück zu ihren Bildschirmen. »Ja, klar. Ich werde nach weiteren UFO-Aktivitäten Ausschau halten. Wenn die Aliens beteiligt sind, werde ich es als Erste wissen.«

Annie und Ethan traten aus dem engen Wohnmobil und blinzelten im harten Wüstenlicht. Die Tür schloss sich mit einem metallischen Klang hinter ihnen. Bianca stieß einen tiefen Seufzer aus, sobald die Detektive außer Sichtweite waren. Ihre Schultern sanken, ihr Körper war schlaff vor Erleichterung. Sie warf einen Blick zur Tür, um sicherzugehen, dass sie fest verschlossen war, bevor sie sich zurück zu ihrer Reihe von Monitoren wandte. Mit ein paar schnellen

Tastendrücken rief sie erneut die Aufnahme der leuchtenden Kugel auf.

Das ätherische Licht tanzte über ihr Gesicht, als sie sich näher heran lehnte, gefesselt von dem Anblick. *Jamal hat es persönlich gesehen,* dachte sie und war plötzlich zutiefst verärgert, dass er nicht da war, um ihre Aufnahmen zu bestätigen. Die Kugel war hypnotisierend und schien mit einer überirdischen Energie zu pulsieren. Biancas Herz raste, eine Mischung aus Aufregung und Beklemmung durchströmte ihre Adern. Das war es. Der Moment, auf den sie ihr ganzes Leben gewartet hatte.

Sie zoomte in das Bild hinein und studierte jeden Pixel mit einem scharfen Auge. Die Oberfläche der Kugel schien zu schimmern und sich zu verändern, als wäre sie lebendig. *Welche Geheimnisse hast du mitgebracht?,* dachte sie und wünschte sich, die Kugel könnte mit ihr sprechen.

Ihre Finger zitterten leicht, als sie ausstreckte und die Umrisse der Kugel auf dem Bildschirm nachzeichnete. Eine tiefe Sehnsucht erfüllte ihre Brust, ein Verlangen, mit dem außerirdischen Licht in Kontakt zu treten. Denn – die Wahrheit war –, auf all ihren Reisen und in all ihren Videos war diese Kugel der erste *echte* Außerirdische, den Bianca jemals auf Film festhalten konnte.

Bianca war eine Betrügerin.

Natürlich *war* sie eine wahre Gläubige des Phänomens. Aber das war ein Teil des Problems. Bianca glaubte so sehr an Aliens, dass sie wollte, dass alle anderen auch an sie glauben. Und – eines Tages – müde vom Spott der Mobber in der Schule – hatte sie ihr eigenes Video im Hinterhof gedreht und entdeckt, dass sie ein Händchen dafür hatte, es zu fälschen. Sie hatte es online hochgeladen und war erstaunt über die Reaktion. Gläubige aus der ganzen Welt kontaktierten sie. Plötzlich war sie Teil einer Bewegung.

Und sie hatte nach mehr gestrebt.

Heute hatte sie Hunderte von Videos gedreht, und fast

alle waren Fälschungen. Aber Bianca hatte sich gesagt, dass sich alles lohnen würde, wenn sie endlich das Echte finden und mit der Kamera einfangen würde.

Aber jetzt, da das, was sie am meisten gewollt hatte, geschehen war – war ihr einziger Zeuge tot.

Bianca konnte nur hoffen, dass ihre YouTube-Zuschauer nie herausfinden würden, wie tief ihr Verrat ging.

KAPITEL ELF

FRANKIE

FRANKIE BLINZELTE durch die Jalousien seines Büro-Wohnmobils, seine schlaksige Gestalt wie ein Fragezeichen gekrümmt. Das staubbedeckte Fenster bot einen körnigen Blick auf Annie und Ethan, deren Gestalten sich von Biancas High-Tech-Heiligtum auf Rädern entfernten. Die Tür schlug hinter ihnen zu.

Bitte kommt nicht hierher, dachte Frankie und wartete. Er beobachtete, wie die beiden Detektive durch den Wohnmobil-park in Richtung Parkplatz gingen. Frankie atmete aus. Er war einer Kugel ausgewichen. Sie würden ihn heute nicht befragen.

Trotzdem, dachte er bei sich, *irgendwann werden sie zu mir kommen.*

Er drehte sich um, wobei der Kunstlederstuhl, auf dem er saß, protestierend quietschte. Sein Blick wanderte zu einem Foto, das leicht schief an der Wand hing. Da war sie – Oma Dolores, die ursprüngliche Wohnmobilkönigin, mit einem Lächeln, das mit dem Horizont Nevadas wetteiferte. Sie stand stolz vor diesem Koloss aus Metall und Träumen, dem ersten Haus auf Rädern, das auf diesen Flecken Niemandsland gerollt war. Das Wohnmobil stand als einsames Wahrzeichen mitten in der Wüste, ohne Begleitung von Artgenossen. Trotzdem war Oma Dolores unbeeindruckt, ihre Begeisterung sprudelte über den Bilderrahmen hinaus. Schon damals wusste sie, dass sie Gold gefunden hatte.

»Ein Imperium aus Steppenläufern und Sternenlicht gebaut«, murmelte Frankie. Er stand auf und ging zur Wand, um den Bilderrahmen zu richten. Er hing danach in die andere Richtung schief. »Verdammt.« Frankie murmelte, während Oma Dolores' Augen zurückfunkelten, als wären sie Teil des Witzes.

»Ich werde dich nicht enttäuschen«, flüsterte er dem Foto zu und richtete seine Krawatte mit einer Geste, die sie zum Kichern gebracht hätte. Er tippte zweimal an seine Nase, ein Geheimnis zwischen ihm und der Erinnerung an die Frau, die Sterne in ihre Tasche schwindeln konnte.

Ein Mann muss tun, was ein Mann tun muss, dachte Frankie bei sich. Sein Puls hämmerte in seinen Ohren, als er noch einmal aus dem Fenster blickte. Die Detektive waren verschwunden. Es war keine Menschenseele in der Nähe zu sehen. Sicher, dass er allein war, ging Frankie zu seinem treuen alten Computer und setzte sich an seinen Schreibtisch. Seine Hand zitterte, als er über der Tastatur schwebte. Mit einem entschlossenen Klick war er im Internet und navigierte zu einer Design-Website, die er in der Vergangenheit für die Flyer des Wohnmobilparks genutzt hatte.

»Wer braucht schon ein Jurastudium, wenn man WLAN hat?«, scherzte Frankie in den leeren Raum hinein, ein halbes Lächeln spielte auf seinen Lippen, trotz des Schweißes, der sich auf seiner Stirn bildete. Er klickte durch Vorlagen, sein Blick blieb an einer hängen, die offiziell aussah. »Bingo«, sagte er und begann den Tanz des Drag-and-Drop.

Minuten vergingen, erfüllt nur vom Klappern der Tasten und Frankies gemurmelten Beschwörungen an Tech-Götter. Dann erwachte ein Drucker in der Ecke des Wohnmobils zum Leben und spuckte Blatt für Blatt seine Rettung aus. Frankie sprang auf, schnappte sich die Papiere und inspizierte sein Werk – mehrere Kopien einer Grundstücksurkunde blickten ihm entgegen. Jede enthielt ein Staatssiegel und geschwungene Kursivschrift, aber die Layouts waren leicht unterschiedlich. Frankie hielt inne, sortierte die Kopien und wählte diejenige aus, die seiner Meinung nach am authentischsten aussah.

Als er sie gefunden hatte, zog er sie aus dem Stapel und dachte dabei die ganze Zeit, dass Oma Dolores stolz auf das gewesen wäre, was er getan hatte. Sie hatte nie an Außerirdische geglaubt – aber sie hatte an das Versprechen der Stadt Rachel geglaubt.

Frankie seufzte und steckte die ausgewählte gefälschte Grundstücksurkunde in einen Ordner mit der Aufschrift »Dokumente«. Obwohl Frankie sich selbst als Geschäftsmann betrachtete und all die Attribute mochte, die damit einhergingen – einen Schreibtisch, einen Aktenschrank, seine Krawattensammlung – hatte er insgeheim oft das Gefühl, keine Ahnung zu haben, was er tat. Er stellte sich vor, wie ein Kind mit einem Buntstift versuchte, ein Anwesen zu verwalten. Versicherungspolicen. Treuhänderisch verwaltete Mieten. Frankie wusste, dass es Dinge gab, die er tun sollte, um einen legalen Betrieb zu führen. Aber größtenteils nahm er einfach das Geld der Leute und legte es auf die Bank, und dann wartete er bis zum nächsten Monat, um es wieder zu tun.

Frankie war nie gut mit Details gewesen.

Frankie strich mit einer Hand über sein Jackett und glättete es aus Gewohnheit. Er atmete tief durch und stählte sich, wohl wissend, dass eines Tages diese Detektive an seine Tür klopfen und alles wissen wollen würden. Aber wenn sie kämen, wäre er bereit.

Er blickte auf seine Krawatte hinab und zwang sich, die Art von Mann zu sein, der ihrer würdig war. »Sollen sie nur kommen«, flüsterte er zu sich selbst. »Ich hab alles im Griff.«

KAPITEL ZWÖLF

GISELLE

GISELLE TROMMELTE mit den Fingern auf der klebrigen Oberfläche des Formica-Tisches im Diner, das rhythmische Tap-Tap-Tap hallte im leisen Summen des Alien Eats wider. Ihre Sheriffuniform fühlte sich heute besonders eng an ihrer Haut an, fast als wäre sie beim Waschen eingelaufen. Eine Tasse Kaffee stand vor ihr, halb leer, Dampfschwaden vermischten sich mit dem Geruch von Fett, der in der Luft hing. Dieser Ort war wie ein zweites Zuhause für sie gewesen. Zwischen ihren Streifenfahrten durch Rachel kam sie immer vorbei, um mit Jamal zu plaudern oder einen der berühmten Frühstücksburritos des Diners zu essen. Aber nicht mehr. Jetzt fühlte sich der Diner fremd an. Wie ein Ort, an dem sie einmal vor langer Zeit gewesen war und den sie lieber vergessen würde.

Giselles Blick huschte zu dem Handy neben ihrer Hand, dessen Bildschirm von einer Nachrichtenblase erhellt wurde:

Annie

Treffen im Alien Eats? Wir haben ein Update zum Fall.

Giselle

Sicher. Bis dann. 10 Uhr.

Giselle warf einen Blick auf die Uhrzeit auf ihrem Handy-bildschirm. Es war jetzt 10:03 Uhr.

Der Diner war nicht Giselles erste Wahl für einen Treff-punkt gewesen - aber da Annie es vorgeschlagen hatte, hatte sie zugestimmt. Sie wollte Annies Verdacht nicht wecken, indem sie einen anderen Ort vorschlug.

»Wartest du auf jemanden?«, durchschnitt Allens Stimme Giselles Träumerei, als er mit einer Kaffeekanne in der Hand näher kam, ein mitleidiger Blick in sein Gesicht gemeißelt.

Giselle starrte zu ihm hoch und fühlte sich ertappt. Es war besser, entschied sie, die Wahrheit zu sagen. »Die Detectives wollten sich mit mir treffen«, sagte sie und schüttelte den Kopf. »Konnte kaum nein sagen.«

»Sie sind spät dran, oder?«, bemerkte Allen und füllte die Tasse nach, die Giselle hielt. Die Flüssigkeit schwappte gefährlich nah an den Rand. Giselles Hand zitterte. Sie hoffte, Allen würde es nicht bemerken.

»Schätze, sie werden auftauchen, wenn sie Lust dazu haben«, antwortete Giselle.

»Du bist der Sheriff in der Stadt. Du hast alle Macht.« Allens Tonfall hatte einen ironischen Unterton, der Giselle nicht entging. Macht erschien wie ein grausamer Witz, wenn man überfordert war.

»So kommt es mir nicht vor«, antwortete Giselle und umklammerte die warme Keramiktasse mit ihren Händen.

Allen beugte sich näher zu ihr, seine Stimme sank zu einem verschwörerischen Flüstern. »Ich würde deine Mutter nicht erwähnen. Wir wissen nicht, wie sie zu solchen Dingen stehen. Die Meinungen sind im Moment gemischt.«

»Danke für die Aufmunterung, Allen«, sagte Giselle mit einem angespannten, endgültigen Lächeln. Giselles Mutter war ohne die richtigen Papiere im Land. Und obwohl Allens Bemerkung berechtigt war - sie hoffte, er würde gehen.

Glücklicherweise klingelte die Glocke über der Tür und kündigte die Ankunft ihrer erwarteten Gesellschaft an.

Annie und Ethan ließen sich in die Sitzbank gegenüber von Giselle gleiten und brachten einen Schwall Wüstenhitze mit, der kurzzeitig mit der überaktiven Klimaanlage des Diners kämpfte.

»Weltraumburger sind unterwegs«, sagte Giselle und deutete mit dem Daumen auf die Hauptattraktion der Speisekarte. »Dachte, wir könnten alle einen Geschmack vom Kosmos gebrauchen.«

»Danke«, erwiderte Annie, während ihre Augen mit einer angenehmen Hebung der Augenbraue über die kitschige Einrichtung wanderten.

»Alien-Küche? Ich wurde gebrieft, was im Falle eines Terroranschlags zu tun ist, aber *das* war nicht Teil der Ausbildung in Quantico«, scherzte Ethan und lockerte die Spannung mit einem Schmunzeln.

»Betrachte es als lokale Spezialität«, konterte Giselle. Ihr Humor war trocken, aber es gab kein Verstecken des Funkens von Belustigung in ihren Augen. Für einen Moment dachte sie an Jamal und erinnerte sich an die Stunden, die er damit verbracht hatte, den Diner mit Alien-Dekorationen auszustatten. Bilder von Jamal - auf einer Leiter, ein falsches UFO in der Hand - in der Küche, wie er Lebensmittelfarbe benutzte, um die Hamburgerbrötchen grün zu färben - lächelnd, als er die Türen öffnete - blitzten vor ihren Augen auf. Sie schob sie beiseite. Giselle wollte Jamal gerecht werden, aber er war jetzt weg. Alles, was blieb, war, sich um ihr eigenes Chaos zu kümmern.

Annie lehnte sich vor, die Ellbogen gegen die klebrige Tischplatte gestützt. »Giselle, du bist der Puls der Stadt. Hatte Jamal irgendwelche Feinde?«

»Feinde?«, schnaubte Giselle. »Der Mann konnte nirgendwo einen Feind finden. Er wurde von allen geliebt. Er hätte keinen Streit angefangen, um sein Leben zu retten. Er war ein Typ, der die andere Wange hinhielt.«

»Freunde dann?«, bohrte Annie nach, ihr Blick scharf.

»Jamal hatte mehr Freunde als dieser Ort fliegende Untertassen hat«, erklärte Giselle und deutete zur Decke, wo Plastik-UFOs gefährlich baumelten. »Er war Rachels inoffizieller Begrüßungswagen. Es gibt nicht viele andere Orte zum Essen in der Stadt, also halten alle, die durchkommen, zuerst hier an. Für Touristen ist es ein unterhaltsames Erlebnis. Für Einheimische ist es unsere Wasserstelle. Jamal war der Mittelpunkt von allem. Immer ein Lächeln, wenn du einen harten Tag hattest. Eine kostenlose Tasse Kaffee, wenn das Wetter umschlug. Jamal wusste, dass er für die Stadt wichtig war, und er gab so viel zurück, wie er bekam.«

»Muss ein toller Kerl gewesen sein«, murmelte Ethan, seine Stimme leise und respektvoll.

»Der beste verdammte Brutzler in der Galaxie«, bestätigte Giselle, mit einem wehmütigen Unterton in ihrer Stimme. »Er ließ diesen Ort für uns alle wie ein Zuhause anfühlen. Wir haben nicht viele Dienstleistungen in Rachel, falls ihr es nicht bemerkt habt. Die nächste Apotheke ist eine Stunde entfernt. Ein Ort wie dieser? Das bedeutet viel. Er hätte ihn woanders eröffnen können, wo er mehr Laufkundschaft gehabt hätte, aber Jamal glaubte an Rachel.«

»Glaubte er auch an UFOs?«, fragte Annie.

Das Klirren von Keramik auf Formica durchschnitt das Gemurmel der Unterhaltung, als Giselle ihre Kaffeetasse absetzte. Ihr Blick huschte zurück zu Annie, deren Frage in der Luft zu hängen schien, unsichtbar und dennoch spürbar.

»UFOs?« Giselles Augen kräuselten sich misstrauisch. Sie deutete auf den Diner. »Das ist eine Touristenfalle. Keine Erklärung.«

»Hat Jamal jemals erwähnt, ein UFO *gesehen* zu haben?«, bohrte Annie nach.

»Ich-« Giselles Hand erstarrte in der Luft, die Knöchel wurden weiß um den Tassenhenkel. »Jamal dachte, diese Geschichten wären nur Würze für die Touristen. Er dachte, sie wären eine Art Gruppenillusion. Wir haben spät in einer

Nacht darüber gesprochen, als ich von einer Schicht kam.« Giselles Augen huschten zu ihrer Kaffeetasse, als die Erinnerung in ihrem Kopf ablief. »Er sagte, UFOs seien ein Symbol dafür, an etwas Größeres als sich selbst zu glauben. Und - obwohl er dachte, sie wären nicht echt - mochte er, dass es den Menschen etwas gab, um das sie sich scharen konnten. Und er *liebte*, was es für die Stadt bedeutete. Ohne UFOs wäre Rachel nichts.«

»Interessant«, sagte Annie und tippte mit einem Finger gegen ihre Lippen. »Wenn er etwas gesehen hat, ändert das die Geschichte.«

»Etwas gesehen?«, murmelte Giselle, ihre Neugier geweckt. »Wann?«

»In der Nacht vor seinem Tod hat Jamal ein UFO gesehen. Er hat Harlan davon erzählt. Harlan denkt, es hat zu seinem Tod geführt.«

Giselle winkte ab. »Das klingt nicht nach Jamal. Und Harlan ist voller Geschichten-«

»Es *würde* viel brauchen, um einen Nichtgläubigen seine Meinung ändern zu lassen«, stimmte Annie zu. »Aber was Jamal sah, war ziemlich fesselnd. Bianca hat es auf Video«, fügte Annie hinzu. »Sie hat uns das Band gezeigt. Es war eine riesige leuchtende Kugel, die genau neben diesem Fenster schwebte -« Annie zeigte auf das Fenster zwei Sitzecken weiter, um ihren Punkt zu verdeutlichen.

»Wie - das ist nicht möglich.« sagte Giselle. »Es muss eine Drohne gewesen sein. Oder ein Lichtspiel.«

»Sie hat überall in der Stadt Kameras«, sagte Ethan. »Eine Art ausgefeilte Technologie mit Starlink. Sie alle senden Videos zurück an Giselles Computer in der Hoffnung, dass sie ein UFO fängt.« Er nickte zum Fenster neben der Sitzecke und zeigte auf einen Laternenpfahl auf dem Parkplatz. »Siehst du die Kamera, genau dort?«

Giselle lehnte sich vor und konnte gerade so eine winzige, weiße Kamera erkennen, die oben an dem Laternenpfahl auf dem Parkplatz befestigt war. Sie hätte sie nie bemerkt, wenn Ethan nicht darauf hingewiesen hätte. Sie fragte sich, wie viele andere in der Stadt waren, und vor allem, wie lange sie schon da waren.

Giselles Gesicht wurde bleich. *Was hat Bianca sonst noch auf Video?*, fragte sie sich, ihr Herz raste.

»Leider«, fuhr Annie fort und schien Giselles Gedanken zu lesen, »hat sie den Mord nicht auf Band bekommen. Ein bisschen schade, nicht wahr?«

Giselle konnte nicht anders. Sie ließ hörbar die Luft ausströmen. »Schade«, stimmte sie zu.

Als wäre er durch die kosmische Störung ihres Gesprächs herbeigerufen worden, glitt Allen mit einem Tablett herüber, jeder Burger sah aus wie sein eigener kleiner Planet, verziert mit einer Olive auf einer Zahnstocher-Fahnenstange. Die Burgerbrötchen waren mit Lebensmittelfarbe grün gefärbt, und die ganze Präsentation war so übertrieben, dass sie an der Grenze zum Unappetitlichen lag.

»Mit Komplimenten vom Kosmos«, sagte Allen und stellte die Teller mit einer Handbewegung ab.

»Danke, Allen«, meldete sich Ethan zu Wort und sah alarmiert aus, als er den außerirdischen Burger betrachtete. »Wie läuft es so, die Übernahme des Diners?«

Allen seufzte, scheinbar die Last des Universums auf seinen Schultern. »Es ist in gewisser Weise toll, aber es gibt dieses schwarze Loch, wo Jamal sein sollte. Ich vermisse ihn.«

»Was waren deine Pläne vor all dem?«, fragte Annie, ihre Stimme wurde sanfter.

»Ingenieurwesen«, antwortete Allen, mit einem fernen Blick in seinen Augen, als würde er sich Brücken auf fernen Welten vorstellen. »Aber der Technologiesektor ist im Moment tot. Also fühlt es sich richtig an, hier einen Traum am Leben zu erhalten.«

»Bewundernswert«, nickte Annie, Respekt färbte ihr normalerweise stoisches Gesicht.

»Entschuldigt mich, der Grill ruft.« Allen gab einen halbherzigen Salut, bevor er im Nebel aus Dampf der Küche verschwand.

Giselle starrte auf ihren unberührten Burger, die Kluft zwischen dem, was sie wusste - und was sie nicht sagen konnte - wurde immer größer. Das Klirren von Besteck auf Keramik durchbrach die Stille, die sich über die Sitzecke gelegt hatte.

»Diese offene Wüste im Norden«, begann Annie, ihr Blick so scharf wie das Messer, mit dem sie durch ihren Weltraumburger schnitt. »Warst du schon mal dort? Etwa eine Stunde nördlich der Stadt, meine ich. Die Karte sagt, es gibt nichts, aber-«

Giselle schüttelte den Kopf, eine Falte grub sich in ihre Stirn. »Ein paar Mal. Was hat das mit Jamal zu tun?«

»Fallbezogen«, erwiderte Annie knapp und tupfte ihre Lippen mit einer Serviette ab, die mit kleinen grünen Männchen bedruckt war.

»Als ich ein Kind war, fuhren alle in die Wüste, um zu trinken und dumme Sachen zu machen«, sagte Giselle und erinnerte sich an späte Nächte unter den Sternen. »Wir zündeten Feuerwerk an. Tanzten. Forderten uns gegenseitig heraus, in die Minen zu gehen.«

»Minen?«, fragte Annie, ihr Ton hoffnungsvoll.

»Ja«, Giselle zuckte mit den Schultern. »Da ist ein Netzwerk alter verlassener Minen dort draußen. Sie sind verlassen. Wahrscheinlich gefährlich. Als Kinder haben wir um sie herum gespielt, aber ansonsten gehe ich nie in diese Richtung. Tatsächlich... wurde ich kürzlich dorthin gerufen, als betrunkene Touristen ihren Freund herausforderten, dort hinunterzugehen, und dachten, er wäre stecken geblieben. Aber der Idiot hatte seinen Weg hinaus gefunden, als ich ankam.« Giselle musterte die Detectives von oben bis unten, dann lächelte sie. »Ich hoffe, ihr beiden lasst mich nicht wieder dorthin fahren. Wenn ihr euch entscheidet, Minen zu erkunden, verwendet wenigstens das Buddy-System.«

»Verstanden«, stimmte Ethan zu.

»Das ist hilfreich, danke«, sagte Annie. »Und weiter zu unserer letzten Spur... hast du kürzlich einen schwarzen SUV in der Stadt gesehen? Mit getönten Scheiben?«, bohrte Annie nach, ihre Augen huschten hoch, um Giselles zu treffen.

»Schwarzer Van?« Giselle lehnte sich zurück, die Arme verschränkt. »Tatsächlich ja. Lustig, dass du das erwähnst...«

Annie und Ethan tauschten einen Blick aus. Vielleicht war Harlan doch keine so schlechte Spur.

»Ich sah den schwarzen Van vor etwa einer Woche. Er raste hier durch, als würde er etwas jagen. Oder vielleicht vor etwas wegrennen. Ich schaltete meine Sirenen ein und fuhr auf die Straße, um zu folgen. Das hat ihn aber nicht aufgehalten.«

»Details, Sheriff«, drängte Ethan, seine Stimme ein tiefes Grollen. Er konnte spüren, dass Giselle das Thema lieber ruhen lassen wollte.

»Ich stieg gerade in meinen Streifenwagen, Kaffee in der Hand. Kleinstadtsorgen hatten Vorrang.« Giselle zuckte mit den Schultern, ihre Uniform leicht zerknittert vom Tagesverschleiß. »Ich hätte ihn verfolgen können, aber bei der Geschwindigkeit, mit der er unterwegs war? Fahr 120 Stundenkilometer auf solchen Straßen und du könntest ein Rad verlieren und den verdammten Wagen überschlagen. Ich sah keinen Sinn darin, ihn zu verfolgen, wenn es wahrscheinlich nur ein weiterer-«

»Tourist ist?«, bemerkte Annie, ein seltenes Geisterlächeln zuckte an ihren Lippen. »Scheint, als ob du eine Menge interessanter Wesen in die Stadt bekommst, und die gefährlichsten sind die, die von Las Vegas nach Hause fahren.«

»Genau«, stimmte Giselle zu, ihr Mund zuckte als Antwort. »Außerirdische Entführungen sind eine Sache; öffentliche Trunkenheit ist eine ganz andere Bestie.«

»Ich kann's dir nicht verübeln«, stimmte Ethan lachend zu. »Ich habe beim FBI einige dumme Dinge gesehen. Ich hoffe immer, wenn es mich erwischt, dann durch ein Scharfschützengewehr in den Händen eines Cyberterroristen und nicht durch irgendeinen idiotischen Collegestudenten, der Molotowcocktails auf meinen Streifenwagen wirft.«

»Genau«, grinste Giselle. »Lass mich in Würde gehen.« Sie seufzte und schüttelte den Kopf. »Deswegen bin ich dem schwarzen SUV nicht nachgefahren. Ich dachte nur... er fährt sowieso aus der Stadt raus. Lass Vegas sie kriegen.«

Das Essen war beendet und die Burger - wie seltsam sie auch aussahen - wurden ohne ein übriggebliebenes Krümelchen verzehrt. Giselle war erleichtert, dass sich das Gespräch allgemeinen Strafverfolgungsthemen zuwandte. Es schien, als ob die Detectives sie als eine der ihren anerkannten. Das war gut. Sie wollte nur unter dem Radar bleiben.

Annies Gabel klapperte auf ihren Teller, der Klang scharf im ruhigen Diner. Sie schob ihren Teller weg und streckte die Hand über den Tisch, um Giselles Hand zu schütteln. »Danke für alles. Wir melden uns, Giselle«, sagte sie und rutschte mit einer Effizienz aus der Sitzecke, die von einer Frau sprach, die keine Zeit verschwendete.

»Danke für die Burgerempfehlung«, fügte Ethan hinzu, seine Stimme spiegelte Annies Dringlichkeit wider. »Es war... seltsam«, zuckte er mit den Schultern.

Sie standen auf, und Giselle erwartete, dass sie zur Vordertür gehen würden. Aber stattdessen gab Ethan einen Pfiff in Richtung Küche. Allen tauchte hinter dem Grill auf, eine Frage in seinen Augen.

»Hey, Allen«, nickte Ethan. »Hast du was dagegen, wenn wir einen Blick in Jamals Büro werfen?«

Allen wurde bleich, entspannte sich dann aber und tat so, als wäre diese Anfrage eine, die ständig gestellt wurde.

»Sicher«, nickte Allen und hielt einen Spatel in der Hand.

»Es ist dort hinten durch diesen Flur. Nicht abgeschlossen. Nur zu.«

Ohne ein weiteres Wort verschwanden Annie und Ethan in den Flur, der zu Jamals Büro führte.

Giselle sah ihnen nach, der letzte Bissen ihres Weltraumburgers lag schwer in ihrem Magen. Allein in der Sitzecke, umgeben von neongrünen und silbernen Sternen, ließ sie einen Atem aus, von dem sie nicht wusste, dass sie ihn angehalten hatte. Sie blickte zurück zum Grill, wo Allen es vermied, ihren Blick zu erwidern, sein Fokus auf dem fettigen Fleisch, das vor ihm brutzelte.

»Vom Regen in die Traufe«, murmelte Giselle zu sich selbst und betrachtete die leeren Teller. Die Metapher entging ihr nicht; halbgegessene Burger, verstreute Pommes - ihr Leben fühlte sich genauso ungeordnet an.

Sie griff nach ihrem Kaffee, die schwarze Flüssigkeit war jetzt kalt. »Du hast alle Macht«, hallten Allens Worte in ihrem Kopf wider, aber Macht fühlte sich wie ein Witz an, wenn alles, was sie hatte, mehr Fragen als Antworten waren.

Mit einem letzten Blick auf die Sitzecke schnappte sich Giselle ihren Hut und schritt aus dem Alien Eats, begierig darauf, zum Wohnmobilpark zurückzukehren, wo sie so tun konnte, als fühle sie sich sicher - zumindest für eine kleine Weile.

KAPITEL DREIZEHN

JAMALS BÜRO WAR EIN DURCHEINANDER.

Annie stieß die Tür mit ihrer Schulter auf, ihr Blick schweifte über das Chaos. Es war ein starker Kontrast zu dem kitschigen UFO-Diner draußen. Keine neongrünen oder silbergrauen Farben hier. Stattdessen dominierten Erdtöne – das satte Braun von poliertem Holz, das tiefe Grün von üppigen Pflanzenblättern und das gedämpfte Gold von alten Fotografien. Hier gab es eine Pracht, die darauf wartete, entfesselt zu werden, aber sie war unter Pappkartons und Papierstapeln begraben.

»Wow, keine schwebenden Aliens«, witzelte Ethan, als er neben ihr eintrat, sein Blick folgte ihrem.

»Ground Control an Major Tom«, antwortete sie trocken und scannte den Raum nach jenen Details, die oft lauter sprachen als Worte.

Das Büro strahlte eine ruhige Professionalität aus, eine unerwartete Entdeckung. Ein wuchtiger Schreibtisch verankerte den Raum. Bücherregale säumten eine Wand, gefüllt nicht mit Science-Fiction, sondern mit Wirtschaftsbüchern, deren Buchrücken vom Gebrauch abgenutzt waren. Ihre

Anwesenheit verriet Annie, dass Jamals Erfolg kein Zufall war.

»Schau dir das an«, sagte Ethan und zeigte auf ein schwarz-weißes Foto an der Wand. Es zeigte einen jüngeren Jamal, breit grinsend in einer Kochuniform, als wäre es der beste Tag seines Lebens.

»Von Pfannenwender zu Raumschiffen«, sinnierte Annie, ihre Stimme mit einem Hauch von Belustigung durchzogen.

»Ziemlich beeindruckende Reise.« Ethans Augen wanderten zu einem anderen Foto, dieses in Farbe, das Jamal zeigte, wie er ein rotes Band vor Alien Eats durchschnitt. Die ganze Stadt Rachel schien dort zu sein und jubelte. »Er hatte das Herz der Stadt erobert.«

»Sieht ganz danach aus.« Annies Augen verengten sich leicht, während sie die in der Zeit eingefrorene Szene verarbeitete. Gemeinschaft – etwas, das oft mehr Hinweise enthielt als ein verschlossener Safe. Was sie bisher über Jamal erfahren hatte, sagte ihr, dass der Mann keine Feinde hatte. Was bedeutete, dass das Verbrechen wahrscheinlich eher aus Gelegenheit oder Notwendigkeit begangen wurde als aus Rache.

»Hey, ist das ein Bonsai-Garten?« Ethan deutete auf eine kleine Sammlung von Miniaturbäumen am Fenster, deren Kronen akribisch geschnitten waren.

»Sieht so aus«, antwortete Annie und ging hinüber, um den winzigen Wald zu untersuchen. »Es braucht Geduld und Präzision, um diese zu pflegen. Ich glaube, er wäre besser damit bedient gewesen, diese Kisten auszumisten.« Sie deutete auf die Kisten mit Papierkram, die über den Boden verteilt waren.

»Lass uns sehen, welche Geheimnisse seine Akten bergen, bevor wir anfangen, Gartenpreise zu verteilen.«

»Bin direkt hinter dir«, sagte Ethan mit einem neckischen Grinsen, als sie ihre Aufmerksamkeit wieder der Aufgabe zuwandten.

Annie beugte sich zur ersten Kiste hinunter, deren Deckel

schief drauf lag. Sie riss den Deckel ab und enthüllte eine Aktenmappe darin, deren Reiter mit akribischer Sorgfalt beschriftet waren. »*Restaurantbelege*« fiel ihr ins Auge, und sie zog an dem ausgebeulten Abschnitt, wodurch der Inhalt über Jamals Schreibtisch verstreut wurde.

»Sieh dir das an«, sagte sie, während sie den Stapel Belege durchblätterte, ihre Augenbrauen kletterten mit jedem Zettel, den sie untersuchte, höher. »Jamals kleines Restaurant hat richtig abgeräumt.«

»Wer hätte gedacht, dass Alien-Burger so lukrativ sein können?«

»Jamal wusste es«, dachte Annie laut. Sie blickte erneut auf die Wirtschaftsbücher in den Regalen an der Wand. »Er hat recherchiert. Das war ein Mann, der wusste, was er tat. Er verstand Angebot und Nachfrage. Rachel hat keine anderen Restaurants. Er wählte einen Ort in der Nähe von Vegas, der müde Touristen ansprechen könnte, und schuf ein Ziel, für das es sich zu halten lohnt. Clever.«

Ethan lehnte sich über ihre Schulter, sein Blick scannte die Zahlen. »Touristenfalle plus Kitsch gleich Cashflow. Die Gleichung stimmt.«

»Wahrscheinlich macht er mit diesem kleinen Restaurant mehr Gewinn als einige Clubs in Las Vegas«, sagte Annie.

»Apropos Vegas…« Ethan wühlte durch einen anderen Teil der Akte, seine Hand tauchte mit glänzenden Broschüren auf, die mit Bildern von fliegenden Untertassen und grinsenden Aliens verziert waren. »Sieht aus, als hätte Jamal sich nicht nur auf den Charme einer Straßenattraktion verlassen.«

»Lass mich die sehen.« Annie schnappte sich die Broschüren und blätterte sie auf, um fette Buchstaben zu enthüllen, die ein »*erderschütterndes Esserlebnis*« versprachen. »Diese Werbung muss ein hübsches Sümmchen gekostet haben.«

»Gute Werbung ist nicht billig, aber sie lohnt sich auf jeden Fall.« Ethan deutete auf ein Bild von Jamal, der mit

Touristen posierte, alle mit Daumen hoch und breitem Lächeln. »Er hatte ein Händchen dafür, sie anzulocken.«

»Weltraumoddität hin oder her, man kann dem Mann seinen Stil nicht absprechen.« Annie grinste und warf eine Broschüre zurück auf den Schreibtisch. »Ich wette, er hat mehr ‚Galaktische Shakes' verkauft, als das Casino Träume verkauft.«

»Hohe Einsätze und Milchshakes.« Ethan lachte und schüttelte den Kopf. »Nur in Nevada.«

»Oder vielleicht war es das Versprechen von Alien-Begegnungen zu jeder Portion Pommes.« Annies Lachen vereinte sich mit Ethans und hallte in dem kargen Raum wider, der einst einem Mann gehört hatte, der Wüstenstaub in Dollar verwandelt hatte.

»Jetzt wissen wir, warum er sich so einen gut gepflegten Bonsai-Garten leisten konnte«, witzelte sie und schloss die Aktenmappe mit einem Schnappen.

Annies Finger streiften über die glatte Oberfläche des Schreibtisches und erkundeten seine Geheimnisse. Die oberste Schublade protestierte mit einem Knarren und enthüllte ein Durcheinander von Stiften, Notizblöcken und einem unpassend platzierten Dokument. Sie zog es aus dem Chaos heraus, ihre Augen verengten sich bei der Überschrift: Testament.

»Seltsam«, murmelte sie und entfaltete die Papiere sorgfältig.

»Hast du etwas gefunden?« Ethan lehnte sich vor, seine Stimme leise, als ob die Wände Ohren hätten, die nach Klatsch lechzten.

»Das könnte eine Untertreibung sein.« Annie blätterte durch das Testament, jedes Wort sank in ihr Bewusstsein wie Steine in einem Teich. »Schau dich um. Überall Kisten mit Akten, und doch lässt Jamal sein Testament einfach in einer Schublade, wo es nach seinem Tod leicht zu finden ist?«

»Zu praktisch«, stimmte Ethan zu.

»Viel zu praktisch«, nickte Annie und überflog die Details des Dokuments.

»Was steht drin?«

»Alles, was man erwarten würde«, zuckte Annie mit den Schultern. »Einige Spenden an lokale Wohltätigkeitsorganisationen. Eine Investition in die örtliche Schule. Jamal hat das Restaurant in Allens Obhut gegeben, was Sinn macht, wenn man bedenkt, dass er der einzige andere Angestellte ist. Das Testament selbst ist nicht seltsam. Nur die Art, wie es hier lag.«

Annie legte das Dokument auf den Schreibtisch und kehrte zu den Kisten auf dem Boden zurück, öffnete eine nach der anderen. Die erste Kiste enthielt Steuerdokumente. Die zweite eine Sammlung von Gabeln und Messern. Die dritte war ein weiteres Ablagesystem, und Annie grinste, als sie einen bestimmten Reiter bemerkte.

»Komm her«, winkte sie Ethan, der sich zu ihr gesellte. Annie deutete auf die Aktenmappe, wo ordentlich beschriftete Reiter Wache über ihren Inhalt hielten – bis auf einen. Er klaffte leer, die Beschriftung »Testament« verspottete in ihrer Abwesenheit.

»Hier sollte das Testament sein. Warum sollte Jamal es herausnehmen und es in seinen Schreibtisch legen, bevor er ermordet wurde?«

»Du denkst nicht, dass er es selbst verschoben hat«, schloss Ethan, während er die restlichen Dokumente durchblätterte.

»Es passt nicht zu seinem Persönlichkeitsprofil. Jamal bewahrte alles in Kisten auf. Warum ein so wichtiges Dokument offen liegen lassen?«

»Schlechte Ablage?«

»Nein«, Annies Gedanken rasten. »Absichtliche Führung.«

»Willkommen in Rachel, Nevada«, sagte Ethan, »wo sogar der Papierkram nicht von dieser Welt ist.«

Das Klopfen an der Tür war scharf, fast ungeduldig.

Annie hob eine Augenbraue, als sie Ethans Blick auffing. Beide drehten sich zu dem Geräusch, ihr vorheriges Gespräch über das Testament und Harlans Theorien vorübergehend unterbrochen.

»Shakes?« Allens Stimme kam durch die Tür. »Wollte nicht stören, aber ich habe hier zwei Milchshakes, aufs Haus.«

»Timing«, murmelte Annie unter ihrem Atem, bevor sie rief: »Nur eine Minute!«

Ethan schob den Deckel zurück auf die Aktenmappe, ein Auge immer noch auf dem Testament unter Annies Arm. Annie steckte das Dokument in ihre Tasche, während Ethan die Tür öffnete und Allen enthüllte, dessen Hände mit zwei turmhohen Milchshakes beschäftigt waren, deren Schlagsahnespitzen zu kippen drohten.

»Schokolade und Vanille«, kündigte Allen an, wie ein Kellner, der ein Gourmetessen präsentiert, statt einer Milchshake-Diplomatie. »Es ist das, was Jamal getan hätte. Nur ein Dankeschön, für – du weißt schon – die Tatsache, dass ihr ihm Gerechtigkeit verschafft.« Allens Augen schienen feucht zu werden, und er schaute beschämt nach unten.

»Aufmerksam.«

»Mit den Komplimenten von Alien Eats«, fügte Allen mit einem Lächeln hinzu, das seine Augen nicht ganz erreichte.

»Die besten Shakes diesseits der Galaxie«, sagte Allen und grinste endlich vollständig. »Bleibt keine Fremden, ja?«

»Käme uns nicht im Traum in den Sinn«, erwiderte Annie und trat an ihm vorbei. Die Kälte des Milchshakes sickerte durch den Becher und in ihre Finger.

»Danke für die... Gastfreundschaft«, sagte Ethan und folgte Annies Beispiel. Seine übliche Wärme wurde durch die kühle Professionalität eines Agenten auf einer Mission ersetzt.

Sie nahmen die Milchshakes mit, als sie gingen, Annie dachte die ganze Zeit an das Dokument in ihrer Handtasche und was es für ihren Fall bedeutete.

KAPITEL VIERZEHN

FRANKIE

FRANKIE SCHOB Papiere auf seinem Schreibtisch hin und her, ein nervöser Tick, der sich durch das Zittern seiner Finger verriet. Das Büro im Wohnmobil fühlte sich beengter an als sonst, obwohl er es heute Nachmittag bereits zweimal geputzt hatte. Der unverkennbare Geruch von altem Kaffee und Schweiß – den Frankie nie aus den Teppichen herausbekommen hatte, als er das Wohnmobil gebraucht kaufte – hing in der Luft.

Über ihnen flackerten Leuchtstoffröhren und warfen ein unvorteilhaftes Licht auf alles im Raum, was Frankie daran erinnerte, dass er es versäumt hatte, die Birne zu reparieren. Ihm gegenüber durchschnitt Annies scharfer Blick das Durcheinander, während Ethans imposante Gestalt den Raum zu absorbieren schien.

»Jamal und das Diner«, begann Annie mit messerscharfer Stimme, »wir würden gerne wissen, was Sie über ihn als Person und über sein Geschäft dachten.«

»Ah, Jamal«, sagte Frankie und richtete seine Krawatte, als würde er sich für einen Job bewerben. »Diese grünen Hamburgerbrötchen waren schon was Besonderes. Ich fand, er war ein guter Geschäftsmann, genau wie ich.«

»Harlan sagt, er habe in der Nacht vor seinem Tod ein UFO gesehen«, fügte Annie hinzu. »Wussten Sie davon? Sie haben es nicht erwähnt, als wir ankamen...«

Frankie warf die Hände in die Luft. »Harlan erzählt viel verrücktes Zeug. Ich habe gelernt, das meiste davon zu überhören.«

Ethan lehnte sich vor und warf einen langen Schatten über Frankies Sammlung von Scherzfüllern. »Und Biancas Kameras? Die sind überall. Was halten Sie davon? Könnte sie involviert sein?«

»Involviert?«, schnaubte Frankie. »Sie schlägt nur Kapital aus der Paranoia. Sie nutzt den UFO-Hype aus, genau wie wir alle. Das neu erwachte Interesse an Aliens war das Beste, was dem Städtchen Rachel je passieren konnte. Und Bianca könnte keiner Fliege etwas zuleide tun. Sie ist bloß eine gewöhnliche Opportunistin. Tatsächlich fällt mir niemand ein, der es auf Jamal abgesehen hatte. Niemand. Der Mann war ein Heiliger. Beliebt in der Gegend. Genau wie ich«, Frankie blähte seine Brust auf. »Die Leute hier mögen aufstrebende Geschäftsleute. Jamal und ich sind beide so etwas wie große Nummern.«

»Das sehe ich«, nickte Annie ihm ermutigend zu. »Deshalb wollten wir nochmal mit Ihnen sprechen. Weil Sie ein so wichtiges Mitglied der Gemeinschaft sind. Wir dachten, Sie könnten wissen...«

»Ja?«

»Über den schwarzen Van, der hier herumfährt. Harlan hat ihn uns gegenüber erwähnt.«

»Harlan ist ein Verschwörungstheoretiker.«

»Das Problem ist...«, sagte Annie, »Harlan ist nicht der Einzige, der ihn gesehen hat.«

Frankies Finger trommelten einen Stakkato-Rhythmus auf dem Kunstholzschreibtisch, das hohle Geräusch kaum hörbar über dem Summen der Klimaanlage, die ihre letzten Atemzüge keuchte. Er musterte Annie und Ethan, ihre Gesichter erwartungsvoll, darauf wartend, dass er die neueste Geistergeschichte der Stadt bestätigte oder widerlegte.

»Schwarzer Van?«, spottete er und schüttelte den Kopf, während seine knochigen Schultern in einem Achselzucken hochgingen. »Der gehört in dieselbe Kategorie wie Aliens und Regierungsspione.« Ein spielerisches Grinsen umspielte seine Mundwinkel. »Ich konzentriere mich auf das, was real ist, nämlich Geld und Wohnmobile.«

»Sind verlassene Minen dann eher Ihr Ding?«, fragte Annie, ihr Blick scharf. »Jamals Fall ist nicht der einzige, an dem wir arbeiten. Wir sind für einen anderen Fall hierher gekommen. Einen persönlichen. Und ich denke, er könnte mit der Wüste eine Stunde nördlich der Stadt zu tun haben. Giselle hat uns gesagt, dass dort draußen nur ein paar alte Minen sind. Wissen Sie etwas darüber?«

»Aber sicher.« Frankie lehnte sich nach vorne, der Stuhl stöhnte unter der plötzlichen Bewegung. Er zog eine Schublade auf, wühlte durch Touristenbroschüren und abgelaufene Gutscheine, bis seine Hand mit einer bunten Broschüre auftauchte. *Die Wunder der Wüste*, verkündete sie in fetten Lettern über dem Bild einer zerklüfteten Landschaft.

»Schauen Sie sich das an«, entfaltete er die Broschüre mit einer schwungvollen Geste und zeigte auf eine zerklüftete Felsformation, die aussah wie Tetris mit Felsbrocken. »Ich gebe diese Broschüren an Touristen, die eine Wüstenfahrt machen wollen. Die Minen sind direkt unter dieser Felsformation dort eingegraben. Ich bin als Kind oft dort vorbeigekommen…«

»Haben Sie… *das* gemacht?«, sagte Annie, sichtlich beeindruckt.

»Ja, habe ich«, nickte Frankie, sein Gesicht rot vor Stolz. »Ich bin ziemlich gut in digitaler Bildbearbeitung. Ich habe diese Broschüren für Gäste gemacht, zusammen mit all unseren Anzeigen. Ich habe sogar einige Flyer für Jamal erstellt, um das Diner in Vegas zu bewerben.«

»Die haben wir gesehen!«, rief Annie aus. »In seinem Büro. Die waren wunderschön. Wir dachten, er hätte einen Designer bezahlt.«

»Nö«, blähte Frankie seine Brust auf. »Alles ich. Ich habe bei der ganzen Werbung geholfen. Wissen Sie, von Geschäftsinhaber zu Geschäftsinhaber.«

Frankie öffnete die Broschüre und legte sie flach hin, damit Annie und Ethan die Bilder der Wüste sehen konnten. Es gab ein Bild vom Eingang der Minen, sowie eine seltsame Felsformation und einen atemberaubenden Sonnenuntergang. »Nun, ich kenne die besten Stellen in der Wüste, weil ich als Kind dort herumgehangen bin.«

»Alter Spielplatz?«, fragte Ethan, seine Augen blitzten interessiert auf.

»Genau«, antwortete Frankie, Nostalgie machte seine Stimme weich. »Wir haben so getan, als wären wir Schatzjäger... oder auf der Flucht vor Banditen. Meine Freunde und ich sind damit aufgewachsen, in der Nähe dieser Minen zu spielen. Ich kenne sie wie meine Westentasche. Nicht die klügste Idee, aber hier gibt es nicht viel zu tun für ein Kind.«

»Sie erstrecken sich über eine beachtliche Distanz«, drängte Annie, wieder ganz geschäftlich. »Was ist der beste Weg, um hineinzugelangen?«

»Die Nordseite ist am einfachsten.« Frankie zeichnete mit dem Zeigefinger eine Route nach, die bei einer karikaturartigen Darstellung eines Bergmannswagens endete. »Hier ist ein Eingang. Sie können hinuntergehen, bis das Licht verschwindet, und dann die silberne Tür öffnen, auf der *Kein Zutritt* steht. Gehen Sie weiter hinunter, und Sie können die Stalaktitenformationen sehen, aber hören Sie auf, wenn Sie die Grubenwagen erreichen. Wenn Sie weitergehen, bitten Sie um Ärger.«

»Was für eine Art von Ärger?«, fragte Ethan.

Frankie zuckte mit den Schultern. »Erdgas. Einstürze. Allerlei Dinge.« Frankie hielt inne. »Ich sollte hinzufügen, dass ich Touristen normalerweise nur rate, sich das Äußere anzusehen und einige Fotos zu machen. Man soll eigentlich nicht hineingehen.«

»Verstanden.« Annie nickte, ihr Kopf plante offensichtlich bereits ihren nächtlichen Ausflug.

»Die besten Jahre meines Lebens«, sagte Frankie, obwohl sein Lächeln nicht ganz seine Augen erreichte. »Als Cowboys und Bergleute spielen, davon träumen, Gold zu finden.«

»Sie müssen eine tolle Kindheit in Rachel gehabt haben. Und der Wohnmobilpark?«, Annie deutete auf ein verblichenes Foto, das an der Pinnwand befestigt war – ein jüngerer Frankie mit einer rundlichen, lächelnden Frau, die nur seine Großmutter sein konnte.

»Omas ganzer Stolz«, sagte er mit echter Zuneigung und neigte seinen Kopf zum Foto. Ein Lächeln huschte über sein Gesicht, und Frankie schien aufzuleuchten. Dann, wie auf Stichwort, tauchte seine Hand wieder in den Schreibtisch ein und kam mit einem zerknitterten Dokument zum Vorschein, das er aus einem Ordner zog. Er schob die Grundstücksurkunde zu ihnen hinüber, die Bewegung zu glatt – einstudiert. Annie konnte nicht anders als zu denken, dass Frankie auf diesen Moment gewartet hatte. »Sie können die Urkunde hier sehen. Sie ist ein wirklich wichtiges Symbol für das, was seit Generationen in meiner Familie ist.«

»Ein Familienerbstück, was?«, sagte Ethan scherzhaft und beugte sich vor, um das Papier zu prüfen.

»So in der Art«, antwortete Frankie, die Worte schmeckten nach alten Geheimnissen und verstaubten Lügen.

Annies Augen verweilten auf der Urkunde, aber Frankie konnte sehen, wie ihre Denkprozesse arbeiteten, ein Puzzle zusammensetzten, das nur sie sehen konnte. »Das ist... irgendein Papier«, lächelte Annie ihn an, als wäre er ein Schüler, der durch eine Prüfung fiel. Sie fuhr mit der Hand über den goldenen Stempel, der den Rand markierte, und zum ersten Mal wurde Frankie klar, dass das Dokument aus seinem Drucker bedeutete, dass das Siegel nicht geprägt war. Es lag flach auf der Seite, leblos. »Was ich sagen will«, fuhr Annie fort, »ist, dass es sehr gut *designed* ist.«

Frankie erschauderte, und sein Blick traf auf Annies. Es gab eine stille Verständigung zwischen ihnen, und es war eine, die Frankies Herz rasen ließ. Für einen Moment fühlte sich das Wohnmobil weniger wie ein Büro an und mehr wie eine Bühne, wobei Frankie seine Rolle vor einem Publikum von zwei spielte, die immer einen Schritt voraus waren.

»Ich bin ein guter Geschäftsmann«, sagte Frankie schwach und dachte an seine Oma und was sie ihm hinterlassen hatte. »Ich habe immer meine Papiere bereit.«

»Danke für die Geschichtsstunde«, sagte Annie und stand auf, wobei ihre Schuhe auf dem abgenutzten Linoleumboden klickten.

»Jederzeit«, erwiderte Frankie, seine Erleichterung ein stiller Schatten, der hinter seinem Grinsen vorbeizog. Er nahm die Urkunde zurück und legte sie wieder an ihren Platz in dem Ordner, dann schob er die Touristenbroschüre zu ihnen. »Für einen Besuch der Minen ist die Nacht am besten«, sagte er. »Weniger Hitze, mehr... Atmosphäre. Und wenn Sie das tun, was ich Ihnen gesagt habe, *nicht* zu tun, und hineingehen, weniger neugierige Augen, die es melden.«

»Danke, Frankie«, sagte Annie.

»Vorsicht vor Fledermäusen«, fügte er hinzu, ein halbherziger Versuch der Heiterkeit, als sie sich zur Tür wandten.

»Liebe Fledermäuse«, warf Ethan über seine Schulter, ein Grinsen spielte auf seinen Lippen.

»Viel Glück«, rief Frankie ihnen nach, aber die Wohnmobiltür war bereits ins Schloss gefallen und verschloss seine Worte im leeren Raum.

Er sank in seinen Stuhl zurück, das Kunstleder quietschte unter seinem Gewicht. Ein Schweißtropfen bahnte sich seinen Weg seinen Hals hinunter, während er ihr Gespräch Revue passieren ließ, auf der Suche nach Fehltritten. *War ich überzeugend genug?* dachte er bei sich.

»Hätte Schauspielerei lernen sollen«, murmelte er in die Stille, sein Lachen hohl. Er betrachtete die Akte mit der Grundstücksurkunde, die immer noch auf dem Schreibtisch lag, die Fälschung nun grell offensichtlich im harten Licht seiner Einsamkeit. »Verdammt«, zischte er, schnappte das Papier und schob es zurück in sein Versteck. Es war vorbei. Seine Rolle war gespielt.

Annies durchdringende Augen und Ethans kantiges Kinn spukten am Rande seiner Sicht. Sie waren gute Menschen, die einfach ihren Job machten, verwickelt in das Chaos, das er miterschaffen hatte.

Frankie stand auf und ging in den winzigen Grenzen seines Büros auf und ab, das zu einem Gefängnis geworden war. Heute Nacht würden die Minen entweder ihre Rettung oder sein Untergang sein. Und Frankie? Er hatte noch eine Rolle zu spielen.

Er wusste, was er tun musste. Er wünschte nur, die Dinge hätten anders laufen können – die Detektive schienen nette Leute zu sein.

KAPITEL FÜNFZEHN

ES WAR DUNKEL, als Annie und Ethan den Pickup mit Vorräten beluden, und die Nacht in der Wüste fühlte sich anders an. Das Zirpen der Grillen hallte über die schwarze Sanddecke, während der Duft des Tages noch in der Luft hing. Ethan stöhnte, als er einen Plastikkanister mit Wasser auf die Ladefläche des Trucks warf.

»Fühlt sich an, als würden wir zum Mond fliegen und nicht nur eine Stunde nach Norden fahren«, sagte Ethan und schüttelte den Kopf.

»Nur für den Fall, dass etwas schiefgeht«, zuckte Annie mit den Schultern und blickte auf die Lebensmittel und das Wasser, die sie in den weißen Pickup geladen hatten. »Hoffe auf das Beste, bereite dich auf das Schlimmste vor.« Annie wollte es nicht zugeben, aber sie war angespannt, seit sie in der Stadt Rachel angekommen waren, und die zusätzlichen Vorräte waren ihre Art, mit diesem Gefühl umzugehen. Ethan schien das zu wissen, denn er hatte weder über den Ausflug zum Gemischtwarenladen noch über die Mühe, alles in den Truck zu laden, geklagt. »Nur für den Fall, dass das Auto liegenblibt oder uns jemand abfängt-«, sagte Annie und verspürte den Drang, sich zu erklären, ohne ihre Ängste laut auszusprechen.

»Glaubst du, dass The Collective bereits hier draußen ist?«, fragte Ethan und bezog sich dabei auf die Schattenorganisation, die sie geschworen hatten zu zerstören. »Ich verstehe nicht, wie sie vor uns von Russels Gelände wissen könnten-«

»Ich denke, sie sind hier«, nickte Annie. »Aber nicht auf eine Weise, die für uns gefährlich ist.«

»Hudson, eines Tages musst du aufhören, in Rätseln zu sprechen«, lachte Ethan.

»Dieser Tag ist nicht heute«, sagte Annie und schlug die Heckklappe des Trucks zu.

»Bist du bereit?«, fragte Ethan, der sich gegen die Fahrerseite lehnte. Er sah gut so aus, und das entging Annie nicht. Die Wüste hatte Ethan gutgetan – eine Tatsache, die Annie überraschte. Normalerweise schrumpfte Ethan ein wenig an abgelegenen Orten. In Städten, wo es immer Leben und Aktivitäten gab, fühlte er sich wohler. Aber die Wüste hatte ihn irgendwie größer gemacht. Er wirkte breiter, als würde er in sich selbst hineinwachsen.

»Bereit«, stimmte Annie zu und sprang auf den Beifahrersitz. Sie machte es sich bequem, griff in ihre Tasche und entfaltete zwei Papierdokumente. Eines war die von Fleur gezeichnete Karte. Das andere war die Touristenbroschüre von Frankie. Annie zeigte auf die Broschüre und deutete an, wie sie sich mit Fleurs Zeichnung überschnitt. »Derselbe Quadrant«, sagte Annie. »Die Minen stimmen überein. Ich weiß nicht mit Sicherheit, dass Russels Gelände dort ist, aber es gibt nicht viel anderes in diesem Teil der Wüste. Es ist eine Ahnung, aber eine gute.«

»Wenn es nicht die Minen sind, ist es etwas anderes«, sagte Ethan laut, mehr zu sich selbst als zu Annie. »Eine Felsformation. Oder eine Höhle. Was auch immer es ist, wir werden es finden.«

Die Reifen des Wagens quietschten, als sie losfuhren, Rachel hinter sich ließen und die lange Fahrt auf einem Weg begannen, der kaum wie eine Straße aussah. Es war ein geschnittener Pfad im Wüstensand, der sie in die Ferne führte, wo es keine Lichter gab – nur Weiten der Leere.

Als sie in die tintenschwarze Wüstennacht nach Norden fuhren, trommelte Ethan mit den Fingern auf das Lenkrad, in Gedanken versunken. Die Scheinwerfer des Trucks durchschnitten die Dunkelheit und erleuchteten das schmale Band der endlos vor ihnen liegenden Straße.

»Glaubst du, sie sind wirklich da draußen?«, fragte Ethan plötzlich und warf Annie einen neckischen Blick zu. »Aliens, meine ich.«

Annie blickte überrascht von den Karten auf. Sie studierte Ethans Profil, seine gemeißelten Gesichtszüge, die vom Licht des Armaturenbretts scharf umrissen wurden. »Jamals Geschichte hat dich gepackt, was?« Sie lächelte ihn an. »Glaubst du, dass er von Aliens getötet wurde? Oder durch eine Regierungsvertuschung im Zusammenhang mit Aliens?«

»Nein«, sagte Ethan und schüttelte den Kopf. »Ich glaube nicht an Aliens, weil ich an nichts glaube, was ich nicht sehen kann.«

Annie richtete sich auf, überrascht von dieser neuen Information. Ihr wurde klar, dass sie – so lange sie sich auch kannten – nie daran gedacht hatte, Ethan zu fragen, woran er glaubte, wenn überhaupt. »Also bist du Atheist?«, fragte sie.

»Ich bin nichts«, antwortete Ethan. Er blickte in die leere Nacht und sah nichts. »Ich befasse mich mit dem, was vor mir liegt, und das war's. Aber wenn du fragst, ob ich glaube, dass Aliens die Erde besuchen – nein, das tue ich nicht. Die Menschen stellen sich gerne mehr vor, als sie sehen können, weil sie sich mehr wünschen, als sie haben.«

»Hmm«, antwortete Annie auf ihre stille Art. Ethan bemerkte den Ton.

»Du stimmst nicht zu?«

»Ich denke, die interessantesten Dinge sind die, die wir nicht sehen können«, antwortete Annie.

»Aber du sagst doch immer, Vermutungen sind keine Fakten-«

»Bis sie zu einem führen«, sagte Annie. »Aber dass eine Vermutung überhaupt zu einem Fakt führen kann, ist doch ziemlich interessant, findest du nicht? Woher kommt das? Aus unbekannten Orten.«

»Annie Hudson«, pfiff Ethan leise. »Du bist voller Überraschungen.«

»Ich fürchte, dieser Fall wird es auch sein... besonders für dich«, sagte Annie zu ihm, ihre Stimme ein leises Flüstern. Dann schlug sie die Hände auf ihren Schoß, als hätte sie gerade etwas Wunderbares erkannt. »Also gut, du glaubst nicht an Aliens. Du glaubst nur an das, was du sehen kannst. Wie kann dann ein Mann wie du jemals hoffen? Auf bessere Tage hoffen? Auf gegebene Versprechen hoffen?«

»Ganz einfach«, lachte Ethan. »Ich hoffe nicht. Ich lasse geschehen, was geschieht. Und wenn es mir gefällt, bin ich sehr dankbar dafür. Und wenn nicht, lasse ich los und denke nicht darüber nach.«

»Hmm«, sagte Annie und dachte an ihre Kindheit zurück, daran, was sie verloren hatten. »Ich denke, in deinem Fall könnte Hoffnung eine Falle sein, nicht wahr? Meinen Bruder – sie fanden seinen Körper – aber für dich-«

»Ja«, stimmte Ethan zu. »Das war hart. Dass sie Megans Leiche nie gefunden haben.« Annie zuckte zusammen, als sie hörte, wie Ethan den Namen seiner Schwester benutzte. Das kam selten vor. Normalerweise bezeichnete er Megan als »seine Schwester«, als würde er versuchen, etwas Abstand zu halten. Die Verwendung ihres Namens verdeutlichte, dass sie eine Person gewesen war – eine Person, die nicht mehr bei ihnen war. »Ich habe gesehen, welchen Schmerz das Hoffen meiner Mutter verursachte«, fuhr Ethan fort. »Sie hoffte jahrelang, und nichts kam dabei heraus. Es wäre freundlicher gewesen, wenn es keinen Raum für Hoffnung gegeben hätte. Also beschloss ich vor langer Zeit, im Hier und Jetzt zu leben. Ich sagte mir, dass ich nicht an das glauben würde, was ich nicht sehen kann. Meine Schwester ist weg – genau wie dein Bruder – und ich muss mich darauf konzentrieren, die Person zu vernichten, die meine Familie zerstört hat. Der Gerechtigkeit in der Welt zu ihrem Recht zu verhelfen, wann immer ich die Chance dazu habe, zu Ehren ihres Andenkens.«

Annie nickte, lehnte sich auf dem Beifahrersitz zurück und beobachtete, wie ein verschwommener Streifen anthrazitfarbener Wüste vorbeisauste.

»Worüber denkst du nach, Hudson?«, fragte Ethan.

»Ich habe mich nur gefragt...«, sagte Annie und zog einen Finger über das beschlagene Glas des Fensters, wobei ein Kreis unter ihrer Berührung erschien. »Was Ungläubige tun werden, wenn ein UFO direkt vor ihnen landet?«

»Wahrscheinlich sich in die Hose machen«, lachte Ethan. Er betrachtete Annie und bemerkte den Ernst in ihrem Gesichtsausdruck. »Du glaubst wirklich an Aliens, oder?«, rief Ethan erstaunt aus, überrascht darüber, dass die vernünftigste Person, die er je gekannt hatte, an etwas so – kindisches glaubte.

»Ja«, nickte Annie. »Und eines Tages wirst du es auch tun.«

Ethan schüttelte den Kopf, seine Miene verdüsterte sich, als er sich wieder der endlosen Strecke vor ihm zuwandte, die seine Aufmerksamkeit benötigte. »Ich werde, hm?«

»Du wirst«, sagte Annie. »Wenn ein Raumschiff direkt vor dir landet. Ich hoffe nur, du überlebst den Schock.« Es lag ein dunkler Hauch von Besorgnis in Annies Stimme, der Ethan fragte – was wusste sie? Annie war ihm immer zwei Schritte voraus, aber jetzt schien es, als würde sie einen Weg gehen, dem er nicht folgen konnte. Ein Schauer lief über Ethans Rücken, doch er schüttelte ihn ab. Er wollte mehr fragen – in Annies brillantem Verstand nach Antworten suchen. Aber stattdessen hielt er die Hände am Lenkrad und beobachtete, wie sich die Wüste vor ihm entfaltete. Für manche Menschen mochte sie voller Geheimnisse sein. Aber für Ethan war die Wüste eine Strecke leeren Drecks – bedeutungslos und leer.

Und das gefiel ihm so.

Der Gedanke, dass sich so etwas jemals ändern könnte, ließ ihn sich verloren fühlen.

Er blickte zurück zu Annie, die schweigend auf dem Beifahrersitz saß, ihr brillanter Verstand grübelte über etwas nach, das er spüren – aber nicht verstehen konnte.

KAPITEL SECHZEHN

GISELLE

DAS ZISCHEN von Zwiebeln und Paprika traf auf die heiße Pfanne, ein scharfes Zischen erfüllte die beengte Küche von Giselles Wohnmobil, während sie im Topf rührte. Das Aroma von Kreuzkümmel und Knoblauch vermischte sich mit der Wüstennacht, die durch das halb geöffnete Fenster hereinschlich. Maria – Giselles Mutter, eine barsche Frau in ihren Achtzigern – stand am Herd, ihre Finger trotz ihres Alters flink. Geschickt gerollte Tortillas landeten auf der abgenutzten Formica-Arbeitsplatte.

»Heute mit den Detektiven getroffen«, sagte Giselle und kippte eine Dose Bohnen in die Mischung. »Sie jagen sich jetzt selbst im Kreis und suchen woanders.«

Maria schnalzte mit der Zunge und drückte eine Tortilla mit ihrer Handfläche flach. »*Mija*, sag ihnen einfach alles. Es wäre besser-«

»Du weißt, warum ich das nicht kann.« Giselle schlug mit ihrem Pfannenwender durch die Luft.

Maria wedelte mit der Hand in der Luft, als wäre das Problem – das sie jeden Tag seit Jamals Tod besprochen hatten – unwichtig. »Erpressung«, Maria schüttelte den Kopf. »Die

Strategie eines Feiglings. Du bist besser als das. Ignoriere die Drohung und tu, was du als richtig erkennst.«

»*No puedo*,« Giselle schüttelte den Kopf. »Ich kann nicht. Nicht, wenn es dich betrifft.«

Maria nahm einen Schluck aus dem Topf und probierte die Brühe. »Also ruft der Erpresser bei ICE an wegen mir. *¿Así que lo que?* So ist das Leben. Wenigstens weiß ich dann, dass du das Richtige getan hast-«

»Du wirst nicht dasselbe fühlen, wenn sie dich wegholen-«

»*¡Dios Mio!*« rief Maria aus, aber dann wurde ihr Gesicht hart, stur und unnachgiebig. »Denkst du, ich habe Angst? Ich habe den Rio Grande überquert; ich kann mit einem hohlköpfigen Tyrannen umgehen.«

»Das ist toll für dich, aber nicht für mich. Ich kann nicht zulassen, dass das passiert.« Giselle schöpfte etwas von der Bohnenmischung auf einen Teller, der Inhalt spuckte wie eine in die Enge getriebene Katze. »All das ist unfair. Jamals Mord. Das System. Die Tatsache, dass wir so verwundbar gehalten werden. Wenn das Leben unfair zu mir ist, schlage ich zurück.«

»Nein«, sagte Maria und drehte eine weitere Tortilla mit einem Schwung ihres Handgelenks um, »*El que con lobos anda, a aullar se enseña.* Wenn du handelst wie die, die dir wehtun, wirst du zu dem, was du hasst!« Maria hielt inne und legte eine Hand an die Wange ihrer Tochter. »Wo ist das Mädchen, das ich großgezogen habe? Die, die an Gerechtigkeit glaubte? Das ist das Mädchen, das Sheriff wurde! Sie würde die Wahrheit sagen!«

»Auch wenn die Wahrheit dich alles kosten könnte?« entgegnete Giselle, ihre Hand schwebte über dem Griff der zischenden Pfanne, die Hitze strahlte auf ihr bereits gerötetes Gesicht.

»Jamal war ein Freund«, sagte Maria und ließ den Salat fallen, als würde sie eine Last abwerfen. »Wenn du etwas über seinen Tod weißt, sorgst du für Gerechtigkeit. Du hast einen Eid geleistet. *Es tu deber*.«

Giselle wandte sich ab und konzentrierte sich auf das Klirren des Bestecks, das Kratzen des Pfannenwenders auf der Pfanne. Doch ihre Gedanken rasten und schnitten durch das Durcheinander. Sie hatte die Detektive belogen. Sie hatte ihren Eid gebrochen. Aber – als sie ihre betagte Mutter beobachtete, die Teller auf den Tisch stellte – fühlte sie immer noch, dass sie keine andere Wahl gehabt hatte. In ihren Jahren als Sheriff hatte sie gelernt, dass das Gesetz nicht immer gut war, und was gut war, war nicht immer legal.

Jamal hätte gewollt, dass Giselle die Menschen schützt, die ihr am wichtigsten waren. Und Giselle hatte vor, genau das zu tun – egal, was es kostete.

»Ich kann es ihnen nicht sagen, Mama«, sagte Giselle und schüttelte den Kopf. Tränen bildeten sich in ihren Augen, aber sie würde sie nicht fallen lassen. »Sie sind gute Detektive. Sie werden es einfach selbst herausfinden müssen.«

KAPITEL SIEBZEHN

BIANCA

DIE NACHTLUFT WAR KLAR, und die Sterne über Rachel, Nevada, zwinkerten Bianca zu, als wären sie in den Witz eingeweiht. Sie grinste und justierte den Angeldraht, der ihre selbstgebastelten Silberscheiben an den kahlen Ästen eines Joshua-Baums befestigte. Mit ihrer auf einem Stativ montierten Kamera drückte sie auf Aufnahme, das rote Licht blinkte wie ein Leuchtfeuer der Verschwörung.

»Bereitet euch auf den Start vor, Erdlinge«, flüsterte sie mit einem Kichern und schüttelte sanft den Draht, um die ›UFOs‹ in einen überirdischen Tanz zu versetzen.

»Nimm dich in Acht, Area 51, du hast Konkurrenz.« Ihre Stimme war eine Mischung aus Schelmerei und gespieltem Ernst, während sie ihre eigenen Aufnahmen kommentierte. Die Silberscheiben wackelten wenig überzeugend gegen den tintenschwarzen Himmel, ihre Bewegungen eher seekrank als außerirdisch.

»Oscar-reife Spezialeffekte«, sinnierte Bianca laut und suchte im Sucher nach dem besten Winkel. »Friss dein Herz aus, Spielberg.« Sie wusste, dass sie das Material später bearbeiten und – durch eine Mischung aus praktischen Effekten und Bearbeitungszauber – etwas Atemberaubendes erschaffen würde, wenn auch gefälscht.

Scheinwerfer durchdrangen die Dunkelheit, und ein weißer Pickup-Truck raste vorbei, Staub wirbelte in seinem Kielwasser auf. Bianca kniff die Augen zusammen und erkannte die unverwechselbaren Profile von Annie und Ethan im Inneren, ihre Gesichter angespannt und zielgerichtet. »Detektivin Annie Hudson und Agent Ethan Beckett, wieder unterwegs, um die Welt zu retten«, sagte sie leise und bot einen spöttischen Salut.

Als die Rücklichter des Trucks am Horizont verschwanden, schlich ein anderes Fahrzeug ins Blickfeld. Bianca erstarrte. Sie duckte sich, um sicherzustellen, dass sie vom Fahrzeug aus nicht gesehen werden konnte.

Ein schwarzer SUV glitt geisterhaft vorbei. Die Art, wie er sich bewegte, war seltsam – geräuschlos, knapp unter dem Tempolimit kriechend. Seine Scheinwerfer waren trotz der Dunkelheit der Nacht ausgeschaltet. Er bewegte sich mit raubtierhafter Geschmeidigkeit, entlang der Straße, der Spur der Detektive folgend wie ein Schatten, der sich an die Fersen seiner Beute heftet.

»Verdächtig«, bemerkte Bianca, obwohl ein Faden von Unbehagen sie durchzog. Sie schnappte sich ihre Kamera und spähte durch das Objektiv, zoomte auf die sich entfernende Form des SUVs. Sie nahm den Van auf, wie er in der Ferne auftauchte.

Das Lachen, das aufblubberte, fühlte sich erzwungen an, der Humor jetzt mit dem kalten Prickeln des Verdachts gefärbt. Sie filmte weiter, halb erwartend, dass Männer in schwarzen Anzügen auftauchen und ihre Erinnerung auf einem Tablett verlangen würden.

Mit einem letzten Blick auf den ominösen SUV schalteten Biancas Instinkte auf Hochtouren. Sie stürzte zu ihrem DIY-Setup, riss gefälschte Silberscheiben vom Himmel und wickelte Angeldraht mit geschickten Fingern auf. Ihre

Kamera – ein vertrauenswürdiger Begleiter auf ihrer Suche nach außerirdischem Ruhm – wurde zugeschnappt und in ihre gepolsterte Tasche gesteckt. Die kühle Wüstenluft trug heute Nacht eine Ladung, die von mehr flüsterte als nur vorgetäuschten Alieninvasionen.

Sie brauchen deine Hilfe nicht, dachte Bianca bei sich. Die Detektive waren erwachsene Menschen. Trotzdem überlegte Bianca, was sie getan hatte und über all ihre Lügen. Sie erinnerte sich an die Festplatte, die hinten in ihrem Van versteckt war und die größte Lüge verbarg, die sie je erzählt hatte. Größer sogar als ihre betrügerischen Videos.

Ich muss das Richtige tun.

»Zeit abzuhauen«, murmelte sie und warf sich die Tasche über die Schulter. Kies knirschte unter ihren Füßen, als sie zu ihrem pinken Van sprintete. Sie warf die Ausrüstung wahllos nach hinten, schlug die Tür zu und erweckte den Motor zum Leben. Die Reifen spuckten Kieselsteine aus, als sie davonbrauste und nur Staub und das Echo ihrer Abreise zurückließ.

Minuten später rutschte Bianca in den Wohnmobilpark, die Scheinwerfer des Autos schnitten Bahnen durch die Dunkelheit. Sie parkte mit einem Ruck, wartete kaum, bis der Motor erstarb, bevor sie aussprang. Ihr pinkes Haar fing das Mondlicht ein und wurde zu einem Leuchtfeuer, während sie zwischen den massigen Schatten der Wohnmobile navigierte.

»Harlan! Mach auf!« Sie klopfte an seine Tür, Dringlichkeit pochte in ihren Adern wie eine Basslinie. »Ich bin's, Bianca-«

Die Tür knarrte auf und enthüllte Harlans buschigen Bart und skeptischen Blick. »Was hat dich so aufgescheucht?«

»Ich glaube dir«, sagte sie atemlos. »Ich hab's gesehen, Harlan. Den schwarzen SUV. Er hat Annie und Ethan beschattet. Sie fuhren nach Norden – ich weiß nicht warum –«

»Wir müssen ihnen helfen«, sagte Bianca, ihr Magen krampfte sich zusammen. »Ich hab viele falsche Dinge in meinem Leben getan, aber wenn der SUV wirklich gefährlich ist, wie du gesagt hast –«

»Wir brauchen noch eine Person«, nickte Harlan, griff nach seiner Jacke und schlug die Tür hinter sich zu. Er stieg die Treppe des Wohnmobils hinunter, Bianca wippte in seinem Kielwasser.

Harlan hielt an, als er Giselles Wohnwagen erreichte, und klopfte an die Tür. Die Sheriffin öffnete, und der Geruch von Abendessen wehte in die Luft.

»Harlan? Bianca?« fragte Giselle, überrascht über den Besuch.

»Keine Zeit«, Harlan winkte mit einer Hand in der Luft. »Der schwarze SUV folgt Annie und Ethan. Bianca hat ihn gesehen. Sie fahren nach Norden.«

Giselles Gedanken rasten, um aufzuholen. »Nach Norden?« fragte sie und fragte sich, was um alles in der Welt sie dazu bringen würde, in die Wüste zu fahren. Dann erinnerte sie sich an ihr früheres Gespräch mit den Detektiven. »Sie haben mich nach den Minen gefragt«, erkannte Giselle laut. »Ich frage mich, ob sie einer Spur folgen.«

»Ich glaube, die Spur folgt *ihnen*«, korrigierte Harlan sie. »Sie brauchen unsere Hilfe. Dieser schwarze SUV ist ihnen auf den Fersen.«

Giselle hielt inne und überlegte, dass all ihre Probleme vielleicht verschwinden würden, wenn sie die Natur einfach ihren Lauf nehmen ließe. Wenn die Person im schwarzen SUV Pläne hatte, wäre es vielleicht am besten, sie ausführen zu lassen.

Giselle warf einen Blick über ihre Schulter zu ihrer Mutter, die am Tisch saß, mit einem wissenden Blick in ihren Augen.

»Gehen wir«, sagte sie und stieg die Stufen hinunter.

»Ich fahre«, fügte Bianca hinzu, und damit verschwand das Trio in der Nacht.

KAPITEL ACHTZEHN

DIE WÜSTE ERSTRECKTE sich so weit - in solcher Dunkelheit - dass Annie und Ethan den Eingang zu den Minen fast verpasst hätten. Als sich der Eingang als hölzerne Struktur offenbarte, die abseits des ausgetretenen Pfades aufragte, legte Ethan den Truck abrupt in den Leerlauf, wobei der Kies unter den Reifen knirschte. Er schaltete in den Rückwärtsgang und lenkte den Truck behutsam von der Straße, während die Räder gegen den ungezähmten Wüstenboden kämpften. Die grellen Scheinwerfer des Trucks schnitten eine Schneise durch die Dunkelheit und enthüllten den klaffenden Schlund des Mineneingangs. Es gab ein summendes Geräusch, bevor Ethan den Schlüssel im Zündschloss drehte, als ob der Truck wüsste, dass sie ihr Ziel erreicht hatten und ihnen Lebewohl sagte.

»Nicht besonders beeindruckend, oder?«, fragte Ethan Annie. Sie lehnten sich vor und spähten durch die Fenster zum Eingang der Minen. Rostige Schienen führten in den Abgrund, eingerahmt von Holzstützen, die vor Alter ächzten. Schatten klebten an den zackigen Felsen wie Spinnweben. Seit Jahren verlassen, diente die Mine nun als Schwelle zu

Geheimnissen, die tief in ihrem Inneren verborgen lagen – und es sah aus, als wollte sie nicht gestört werden.

»Gemütlicher Ort«, witzelte Annie, öffnete die Beifahrertür und trat in die kühle Nachtluft hinaus. Sie zog ihre Jacke hoch, ihr Atem im Schein der Scheinwerfer sichtbar.

»Nichts sagt ›Willkommen‹ wie verrottende Holzstützbalken«, erwiderte Ethan und schloss den Truck hinter sich ab, als er Annie in die Dunkelheit folgte. Sein Blick verweilte auf der Mine, eine Wächterin, die sie vor der bevorstehenden Gefahr warnte.

»Erinnerst du dich, als unsere größte Sorge war, wer wessen CDs ausgeliehen hat?«, lachte Annie, ihre Augen glitzerten mit der Reflexion ihrer Vergangenheit. »Jetzt sind wir hier und stehen kurz davor, das Verbrechen zu lösen, das unser Leben für immer verändert hat-«

»Ah ja, der große CD-Raub von '98.« Ethan grinste und erinnerte sich an den Sommer vor dem Verschwinden seiner Schwester, in dem er und Annie versucht hatten, das Verschwinden einer CD-Sammlung an ihrer örtlichen Highschool aufzuklären. Hätte er damals gewusst, dass seine eigene Schwester zum Gegenstand einer Untersuchung werden würde, hätte er nie versucht, Detektiv zu spielen. Insgeheim hatte Ethan sich immer gefragt, ob ihre Spiele irgendwie zu dem echten Verbrechen geführt hatten, das ihre beider Lebenswege für immer verändert hatte. Es war magisches Denken, und er wusste, dass es nicht wahr war. Dennoch fühlte sich ein Teil von ihm schuldig, weil er Detektiv gespielt hatte, ohne zu ahnen, dass eine Tragödie ihn zu einem echten machen würde.

»Das ist der erste Schritt, um es wieder in Ordnung zu bringen«, sagte Annie und starrte in den Schlund der Mine.

»Es waren tausend kleine Schritte, Hudson«, antwortete Ethan kopfschüttelnd. »Keiner von ihnen hat irgendwohin geführt. Und jetzt – werden wir uns verlaufen.«

»Sprich für dich selbst, Beckett. Ich verlaufe mich nie.«

Annies Stimme hatte ein spielerisches Selbstvertrauen, aber ihr Verstand arbeitete auf Hochtouren und setzte jedes Detail zusammen, das sie bisher aufgedeckt hatten.

»Du machst nur unerwartete Umwege.«

»Genau. Alles Teil des Plans.«

Sie standen Seite an Seite und starrten in die Dunkelheit. Ein Moment verstrich, beladen mit der Schwere dessen, was vor ihnen lag.

»Kaum zu glauben, dass es darauf hinausläuft«, murmelte Ethan, seine Gedanken wanderten zu seiner Schwester, deren Augen er nie vergessen konnte. Die Bilder auf dem Steckbrief wurden ihnen nicht gerecht. Ethan erinnerte sich an sie, wie sie *wirklich* waren – endlose graue Pools mit einem gezackten Rand um die Iris. »Du und ich gegen das Unbekannte.«

»Russels Rätsel haben uns hierher geführt«, fügte Annie hinzu und dachte an ihren eigenen Bruder, dessen Tod sie in dieses Leben der Ermittlung getrieben hatte. »Wenn sein Versteck da unten ist, werden wir es finden. Wir werden herausfinden, wie wir Das Kollektiv aufspüren können. Wir werden dafür sorgen, dass sie nie wieder jemanden verletzen können.«

»Unsere Geschwister wären stolz«, sagte Ethan mit einem halben Lächeln auf den Lippen.

»Oder zumindest unterhalten«, entgegnete Annie. Sie teilten ein flüchtiges Grinsen, eine stille Anerkennung des Bandes, das zwischen ihnen durch gemeinsamen Zweck und parallele Verluste geschmiedet worden war.

»Lass uns dieses Rätsel lösen, Hudson.« Ethans Stimme war fest, entschlossen.

»Direkt hinter dir«, nickte Annie, ihre Entschlossenheit unnachgiebig, als sie auf den Mineneingang zugingen. Ihre Stiefel knirschten über Steine, als sie in den Mund der Mine hinabstieg, während Ethans Taschenlampe den Weg beleuchtete, der sich vor ihnen entfaltete. Eiserne Schienen bahnten einen Pfad in die Dunkelheit, und Annie stellte sich vor, wie

Russel die Höhlen auf dieselbe Weise betreten hatte. Sie fragte sich, ob er Angst gehabt hatte. Bei dem Gedanken an Russel griff Annie in ihre Jackentasche und umschloss Russels Plastik-Zugangskarte. Sie wusste, dass die Karte in ihrer Tasche war, ertappte sich aber dennoch häufig dabei, nach ihrer Anwesenheit zu tasten, als wäre sie ein Glückspfennig.

»Hast du die Karte noch?«, fragte Ethan, der Annies Gedanken las.

»Glaubst du, ich wäre so weit gekommen, um sie zu verlieren?« Annie tat beleidigt.

Die Öffnung hinter ihnen war nicht mehr sichtbar, als das Paar weiter in den klaffenden Schlund vordrang, der in die Bergseite gehauen war. Der Tunnel wurde von altersschwachen Holzbalken eingerahmt. Abgestandene Luft füllte Annies Nasenlöcher, durchsetzt vom Geruch der Erde und dem Muff des Nichtgebrauchs. Mit jedem Schritt in die Minen dehnten und verdrehten sich die Schatten um sie herum – Gespenster, die gerade außer Sichtweite tanzten.

»Daran könnte ich mich gewöhnen«, bemerkte Annie trocken, ihre Stimme hallte leicht gegen die rauen Wände. »Kein allzu unfreundlicher Ort.«

»Könnte eine Heizung gebrauchen«, sagte Ethan, als sie um einen umgestürzten Erzwagen navigierten, dessen verrostete Räder stumme Zeugen einer vergangenen Ära der Mühe waren. Er zitterte und zog seine Jacke enger um seine Schultern. »Ich dachte, Wüsten sollen warm sein.«

»Nicht nachts«, antwortete Annie. Sie hielt inne und bemerkte Formen weiter vorn. Ethan trat vor und leuchtete mit seiner Taschenlampe auf die auftauchenden Hindernisse ein paar Meter entfernt. Verlassene Ausrüstung lag verstreut, skelettartige Überreste der Industrie. Kaputte Lampen hingen von der Decke, ihr Glas zerbrochen, die Glühfäden längst ausgebrannt. Ethan reichte Annie die Taschenlampe und griff in seinen Rucksack, um sein elektronisches Tablet herauszuholen. Er schaltete es ein, und ein digitales

Leuchten warf blaues Licht auf sein Gesicht. Seine Finger streiften über das Glas, als er eine Skizze der Minen aufrief, die er von Milo erhalten hatte, der ein paar Satelliten erfolgreich angezapft hatte, um eine Karte der unterirdischen Festung zu erstellen.

»Milos Karte ist gut«, nickte Ethan. »Wir müssen etwa fünfhundert Fuß weiter, bevor wir die Abzweigung sehen.«

»Und zu denken, du mochtest Milo nicht einmal, als du ihn kennengelernt hast«, lächelte Annie.

Ethan steckte das Tablet zurück in seinen Rucksack, während Annie mit ihrer Taschenlampe über einen Haufen aus gesplittertem Holz und verbogenem Metall leuchtete.

»Das liegt daran, dass er jedes Gesetz bricht, das er kann«, zuckte Ethan mit den Schultern. »Aber ich muss zugeben, es macht mir nichts aus, wenn er sie für *mich* bricht.«

Die muffige Luft klebte an ihren Lungen, während sie tiefer vordrangen, die Scheinwerfer des Trucks eine verblassende Erinnerung. Sie gingen an den verlassenen Wagen vorbei und hielten an, als sie eine solide Metalltür erreichten, die unauffällig zwischen den verwitterten Holzstützen eingeklemmt war. Sie blockierte den Durchgang und schnitt ihren Fortschritt ab. Annie fuhr mit einer Hand über ihre Metallnieten.

»Sieht nicht gerade original zur Mine aus, oder?«, witzelte sie, ihre Stimme hallte leicht durch den höhlenartigen Raum.

»Russel?« Ethans Frage hing in der abgestandenen Luft wie eine Herausforderung.

»Wer sonst könnte es sein?«, gab Annie zurück und stieß mit ihrem Stiefel gegen die Tür. Sie bewegte sich nicht.

Ethan gesellte sich zu Annie, und gemeinsam stemmten sie sich gegen den kalten Stahl. Die Tür öffnete sich protestierend, und Annie klemmte einen ansehnlichen Stein an ihre Basis, um sie offen zu halten. Zusammen blickten Annie und Ethan in den Rest des Tunnels.

»Wenn Milo Recht hat, sollte die Abzweigung nur ein bisschen weiter unten sein«, meinte Ethan. »Aber ich hoffe, Russel hat diese Tür nicht als-«

»Falle?«, fragte Annie.

Ethan antwortete nicht, sondern seufzte nur schwer und machte sich auf den Weg in den Rest des Tunnels. Seine Taschenlampe beleuchtete den Raum, während sie tiefer in den Bauch des Ungetüms vordrangen und anhielten, als sie – genau wie Milo vorhergesagt hatte – an einer Weggabelung ankamen. Die Schienen des Minenwagens teilten sich in zwei Richtungen, die beide genau gleich aussahen. Links oder rechts? Die Tunnel verzweigten sich und boten zwei in Dunkelheit gehüllte Wege. Links wehte ein schwacher Luftzug; rechts eine Stille, die zu summen schien.

»Nun, Hudson? Wie wird's sein?«, fragte Ethan. »Links oder rechts?«

Annie hielt inne und nahm die verfügbaren Informationen auf.

»Links.«

»Darf ich fragen, warum?«

»Es riecht weniger nach Verzweiflung«, entschied Annie und rümpfte die Nase.

»Hat deine Nase je falsch gelegen?«, fragte Ethan halb im Scherz, als er ihrer Führung folgte.

»Nur als ich dachte, dein Aftershave wäre eine gute Idee«, neckte sie ihn und stieg über einen gefallenen Balken.

»Autsch«, sagte er, aber in seinen Augen flackerte Bewunderung für ihren unfehlbaren Instinkt.

Das Paar lief für das, was sich wie Stunden anfühlte, durch die Dunkelheit – aber als Annie auf ihre Uhr schaute, waren nur zwanzig Minuten vergangen. Dennoch entfaltete sich der Tunnel vor ihnen mit einer spöttischen Wiederholung, die die Zeit stillstehen ließ. Der Pfad des Tunnels führte sie mit einer steilen Neigung tiefer in die Erde, und Annie fragte sich, wie weit sie gehen konnten, ohne sich Sorgen um die Luftqualität machen zu müssen. Schließlich erreichten sie es: das Ende des Tunnels. Annies Atem beschleunigte sich, als sie die Sackgasse vor sich sah und hoffte, eine Zugangstür zu finden.

Stattdessen ragte das Ende des Tunnels wie ein grausamer Witz auf. Eine Wand aus Erde und Stein versiegelte ihren Weg und verspottete sie mit ihrer ungerührten Endgültigkeit. Annie schnappte sich die Taschenlampe von Ethan und leuchtete die Wand aus, als ob sie etwas übersehen haben könnte. Sie suchte die gepresste Erde nach irgendeinem Anzeichen einer Tür oder eines elektronischen Zugangspanels ab. Nichts.

»Großartig«, brummte Annie. Sie hasste es, falsch zu liegen. Glücklicherweise kam so etwas in ihrer Welt selten vor.

»Deine Nase liegt daneben. Vielleicht ist mein Aftershave *doch nicht* so schlecht.« Ethan witzelte, seine Stimme hallte von den engen Wänden ihrer felsigen Sackgasse.

Annie warf ihm einen finsteren Blick zu. »Wir gehen zurück zur Abzweigung und versuchen die andere Richtung«, sagte sie.

»Direkt nach diesem«, lächelte Ethan sie an, griff wieder in seine Tasche und zog einen kleinen, rechteckigen Sensor heraus. Er platzierte ihn an der Erdwand und drückte einen Knopf an der Seite, der ein Anzeigelicht am Rand des Sensors grün aufleuchten ließ. »Milo kann diesen benutzen, um die Minen für uns zu kartieren. Der Überblick vom Satelliten ist nicht sehr detailliert. Er meinte, wenn ich eines dieser Schätzchen tiefer platziere, könnte er uns ein besseres Bild liefern.«

»Ich bin beeindruckt«, sagte Annie aufrichtig. Sie bevorzugte altmodische Methoden der Detektivarbeit, wie das Befragen von Verdächtigen und das Verlassen auf ein Netzwerk von Details. Aber Ethan und Milo hatten sich hier selbst übertroffen.

Sobald der Sensor platziert war, kehrten Annie und Ethan

um und gingen die Steigung hinauf, von der sie gekommen waren.

Sie waren auf halbem Weg den Tunnel hinauf, als es passierte:

Ethans Stiefel traf einen trügerischen Stein. Er verriet ihn und ließ seine Arme windmühlenartig kreisen. Er fing sich, aber der Schaden war angerichtet. Es gab ein Geräusch von sich verschiebenden Steinen, das in der Stille erschütternd klang – ein Vorspiel zum Chaos.

»Beweg dich!«, Ethans Ruf stieg mit Dringlichkeit an, als der Tunnel drohte, sich selbst aus der Existenz zu löschen.

Sie sprinteten zurück in Richtung der Verheißung offenen Raums, Lungen brennend von Staub und Adrenalin, Stiefel donnernd im Rhythmus mit ihren hämmernden Herzen. Hinter ihnen bröckelte die Erde, kollabierte mit der Boshaftigkeit eines Kindes, das einen Blockturm einreißt. Die Seiten des Tunnels begannen, in sich zusammenzufallen, alte Felsen, die einst die Seitenwände stützten, fielen mit Leichtigkeit.

Ethan warf sich über Annie, um sie zu schützen, gerade als das hallende Geräusch unerträglich wurde. Und dann – Stille. Nichts als eine kühle, sanfte Ruhe. Annie und Ethan entwirrten sich und blickten hinter sich auf den Schaden. Die Felsen blockierten den Tunnel fast vollständig und machten einen zweiten Blick auf die Sackgasse unmöglich.

»Ich glaube nicht, dass Russels Versteck in diesem Tunnel sein konnte«, schüttelte Annie den Kopf. »Er kam und ging oft genug, dass er sichergestellt hätte, alle Gefahren zu beseitigen. Es muss der andere Tunnel sein.«

»Hoffen wir's«, antwortete Ethan und nickte auf den Steinhaufen, der den Rückweg versperrte. Sie waren ohne Optionen. Vorwärts war ihre einzige Wahl. Gemeinsam standen sie auf und machten sich auf den Weg zurück zur Abzweigung. Als sie sie erreichten, blickte Annie in den anderen Tunnel und spürte, wie etwas in ihr aufstieg. *Russels*

Versteck war dort. Annie wusste es. Sie war im Begriff, in die Dunkelheit zu treten, als Ethan ihr hinterherpfiff.

»Hudson«, sagte er, die Angst in seiner Stimme ließ Annie erschaudern. Ethan hatte selten Angst. »Das wirst du dir ansehen wollen.«

Annie drehte sich um und blickte in den Haupttunnel, wo Ethan sein Licht hinschien. Dort, ein paar hundert Meter entfernt, glänzte die Metalltür in der Dunkelheit. Sie war geschlossen, versiegelt wie von unsichtbarer Hand. Der Stein, den Annie gegen ihren silbernen Rahmen geschoben hatte, war nirgendwo zu finden.

»Vielleicht ist es eine optische Täuschung«, sagte Annie, wissend, dass es mit Sicherheit keine Täuschung war.

»Sollen wir es herausfinden?«, fragte Ethan, die Resignation in seiner Stimme verriet ihr, dass er wusste, was *sie* wusste. Sie rannten zur Tür und hielten an, als sie sie erreichten. Annie kickte den Stein, der jetzt zur Seite geworfen worden war.

»Im Ernst?! Hat der Stein Pause gemacht?«, klagte Annie, ihre Hände drückten gegen die unbewegliche Tür.

»Muss einer Gewerkschaft beigetreten sein«, sagte Ethan und suchte den Rahmen nach irgendeinem Anzeichen ihres improvisierten Türstoppers ab.

Gemeinsam drückten sie hart gegen den Rahmen der Metalltür. Sie bewegte sich nicht.

»Perfekt.« Annie atmete aus, ihr Atem im Strahl der Taschenlampe sichtbar. »Ich hoffe, das sind neue Batterien in dieser Taschenlampe. Wir könnten sie eine Weile brauchen.«

»Neue Batterien, aber altes Glück«, murmelte Ethan, ihr Lachen hallte von den Wänden wider und vermischte sich mit dem fernen Grollen der Erde, die sich in ihre neue Form einfügte.

»Altes Glück hat nichts gegen uns, Beckett.« Annie festigte sich mit Entschlossenheit, das Licht in ihren Augen stammte nicht allein von der Taschenlampe. »Wir schreiben heute Abend ein neues Schicksal.«

Annie versuchte, ermutigend zu klingen, aber ihre Stimme fiel flach gegen die Dunkelheit. Sie dachte an die Vorräte, die im Heck des Pick-up-Trucks geladen waren, der außerhalb der Minen geparkt und außer Reichweite war. Annie hatte sich auf jede mögliche Gefahr vorbereitet, außer auf die offensichtlichste. Sie fragte sich, ob die persönliche Natur des Falls – ob der Schmerz, den sie fühlte, wenn sie an den Mord an ihrem Bruder dachte – sie ihren Biss hatte verlieren lassen. Die abgestandene Luft der Minen füllte ihre Lungen, und ihr fiel ein, dass niemand außer Milo wusste, wohin sie unterwegs waren. Sie waren in der Dunkelheit gefangen, ohne Hoffnung auf Rettung. Und – wenn sich nichts änderte – könnten sie sterben, ohne Russels Versteck zu finden. Die Stille brannte in Annies Ohren, als sie ihrem brillanten Verstand erlaubte, alle möglichen Optionen zu durchsuchen, einen Ausweg zu suchen – eine Antwort auf das Rätsel.

Aber trotz ihrer besten Bemühungen kam keine Antwort.

»Hudson?«, fragte Ethan.

»Ich arbeite daran«, antwortete Annie.

Ethan nahm ihren Gesichtsausdruck auf und erkannte, dass es einer war, den er noch nie gesehen hatte. Es war selten, dass Annie ratlos war. Ethan stellte die Taschenlampe ab und ging zurück zur Tür, seine Finger krümmten sich um den Metallgriff. Er drückte mit seinem ganzen Gewicht, aber die Tür bewegte sich nicht.

Sie waren gefangen. Das war klar. Aber Ethan wütete weiter gegen die Tür und weigerte sich, ohne Kampf aufzugeben.

KAPITEL NEUNZEHN

FRANKIE

AUSSERHALB DER MINEN zirpten die Grillen, und der Abend schien ganz normal. Die kleinen Insekten zwitscherten, ahnungslos, dass zwei Menschen in der Erde unter ihnen gefangen waren.

Frankies Knöchel wurden weiß, als er das Lenkrad umklammerte, sein Blick auf den Eingang der Minen fixiert wie ein Habicht, der seine Beute anvisiert. Er hatte etwas Schreckliches getan. Etwas, wofür er *zur Rechenschaft* gezogen werden *sollte*. Aber Frankie wusste, dass das Leben ungerecht ist und schlechte Menschen selten zur Verantwortung gezogen werden. Er hoffte, dass diese Regel, zumindest für heute Abend, zu seinen Gunsten wirken würde.

Du solltest sie rauslassen, dachte Frankie, sein Herz hämmerte. *Geh einfach runter und mach die Tür auf, damit sie rauskommen können. Tu so, als wäre es ein Unfall gewesen. Sag ihnen, dass du es nicht warst.*

Frankie zitterte und kämpfte gegen seinen eigenen Wunsch an, aus seinem Auto zu springen und das Richtige zu tun. Er wusste, dass seine Großmutter von ihm enttäuscht wäre. Sie war eine Lügnerin, aber keine Mörderin. Frankie hatte den Betrug zu weit getrieben und war nun zu jemandem geworden, den er nicht wiedererkannte. Wenn die Detectives nur nicht so hartnäckig herumgeschnüffelt hätten.

Frankie überlegte, während er sein Spiegelbild im Rückspiegel betrachtete. Er drehte am Radio und stellte die Lautstärke leiser, als ein trauriger Country-Song erklang. Er erwog wegzufahren, aber etwas am Weggehen wirkte so *endgültig*.

Sicherlich würde die Sheriff, wenn sie schließlich die Leichen fände, denken, dass die Detectives versehentlich in der Mine eingeschlossen worden waren. Es gab hier keine Kameras. Keine Zeugen. Frankie wusste, wenn er jetzt ginge, würde niemand etwas mitbekommen. Aber dennoch müsste er für immer mit dem Wissen leben, was er getan hatte.

Frankie war gerade dabei, aus dem Auto zu steigen, als er in der Ferne einen Motor hörte, der lauter wurde, bis Scheinwerfer durch die Dämmerung schnitten und ein Fahrzeug in der Nähe des Mineneingangs zum Stehen kam. Frankies Scheinwerfer waren aus und er war weit genug weg, um nicht entdeckt zu werden, aber trotzdem rutschte er tiefer in seinen Sitz, um nicht gesehen zu werden. Er spähte über das Lenkrad zu dem Eindringling, der in einem leuchtend rosa Wohnmobil ankam, das er gut kannte.

Bianca, dachte Frankie überrascht. Die Türen des Wohnmobils quietschten, und heraus hüpfte Bianca, ihr pinkes Haar leuchtete wie ein Neonschild vor dem tristen Wüstenhintergrund. Harlan folgte ihr, Bart voraus, wie eine Art Hipster-Moses, der im Begriff war, ein Meer aus Staub zu teilen. Giselle kam als Nächste, in einem Pyjama statt ihrer üblichen Sheriff-Uniform.

Bianca, Harlan... und Giselle? Arbeiten zusammen?

»Seltsam«, murmelte Frankie leise vor sich hin, wobei sich eine Augenbraue amüsiert hob. Er hätte Bianca und Harlan nicht für Helden gehalten. Andererseits war für die beiden alles, was nach Verschwörung oder Außerirdischen roch, wie Katzenminze. Die Anwesenheit von Giselle bedeutete, dass nun das Gesetz involviert war. Frankie hatte Glück, wenn er ungesehen davonkäme.

Bianca holte eine DSLR-Kamera heraus und befestigte ein kreisförmiges Licht daran. Sie klappte den Bildschirm um und schien sich selbst zu filmen. Sie versuchte, die Kamera auf Harlan zu richten, aber er schob sie weg. Giselle führte die Gruppe an und gemeinsam schlurften sie in den dunklen Schlund der Minen, ihre Silhouetten wurden von den Schatten verschluckt.

Frankies Finger trommelten auf dem Lenkrad, ein Stakkato-Beat gegen die Stille. Es schien, als müsste er keine Entscheidungen mehr treffen. Bianca und Harlan würden die Detectives finden. Sie hatten das Problem für ihn gelöst. Es blieb nichts anderes zu tun, als nach Hause zu fahren und um Gnade zu beten.

Mit klopfendem Herzen legte Frankie den Gang ein, die Reifen drehten sich im Schmutz, als er sich auf den Weg zur Hauptstraße machte. Dann sah er es:

Ein schwarzer SUV parkte im Wüstenstaub.

Er war weit genug von den Minen entfernt, um mit dem Horizont zu verschmelzen, aber nah genug, dass die Person darin alles sehen konnte. Das Fahrzeug war gegen den dunklen Nachthimmel schwer zu erkennen, aber als ein Licht in einem der abgedunkelten Fenster anging, wurde der SUV, wenn auch nur kurz, beleuchtet. Das Auto war so geparkt, dass die Minen von innen vollständig sichtbar waren.

Frankie trat auf die Bremse und starrte den SUV an.

Wer auch immer darin saß, konnte ihn sehen. Wie lange waren sie schon da? Hatten sie gesehen, was er getan hatte?

Als Antwort flackerte das Innenlicht des schwarzen SUVs in einem sich wiederholenden Muster an und aus, fast so, als ob es versuchte, mit ihm durch Morsecode zu kommunizieren.

Sie haben gesehen, wie ich die Tür zugeschlagen habe, dachte Frankie, sein Verstand raste wild. *Sie haben gesehen, wie ich die*

Detectives in der Mine eingeschlossen habe. Wer auch immer in dem SUV war, spielte mit ihm. Ärgerte ihn. Sie wussten es.

Frankie versuchte, einen Blick auf die Person auf dem Fahrersitz zu erhaschen, aber die Fenster des SUVs waren getönt – nur der schwache Schein des Innenlichts war sichtbar, flackernd an und aus, als würde es lachen. Ihn verspotten.

In Panik legte Frankie den Gang ein und fuhr auf die Hauptstraße, so schnell wie der Motor es zuließ. Er raste durch die dunkle Wüstennacht. Er schaffte es zurück zur Hauptstraße, die sich vor ihm erstreckte wie die Jahre in einem Leben voller Reue. Frankie wusste, dass er diesen Moment für immer mit sich tragen würde. Er wünschte, er könnte die Entscheidung, die er getroffen hatte, rückgängig machen, aber jetzt gab es nur eine Richtung, in die er sich bewegen konnte – vorwärts.

Die Person in diesem SUV wusste, was er getan hatte. Und irgendwie konnte Frankie – tief in seinen Knochen, die in der Kälte der Wüste zitterten – fühlen, dass er nie wieder einen Tag in Frieden leben würde.

KAPITEL ZWANZIG

NACH ETHANS UHR waren Annie und er erst eine Stunde in den Minen eingesperrt.

Aber unter dem staubigen Geruch der abgestandenen Luft konnte Ethan nicht anders, als zu denken, dass es sich anfühlte, als wären sie schon tagelang gefangen. Ethan lief auf der Stelle hin und her, wobei Schmutz in seinem Kielwasser aufwirbelte. In der Nähe saß Annie auf einem Felsen, völlig ruhig.

»Wir haben es mit roher Gewalt versucht – ohne Erfolg«, sagte Ethan laut und ging die Liste der Fluchtideen durch. »Kein Handyempfang. Sag mir, dass dein brillanter Verstand einen anderen Ausweg kennt?«

»Ich bin sicher, es wird sich von selbst regeln!«, sagte Annie fröhlich. Sie saß in der Nähe auf einem Felsblock, als würde sie auf den Tee warten.

Ethans Fuß verhakte sich an einem unsichtbaren Stein, und er stolperte, wobei seine Hand zur feuchten Wand der Mine schoss, um Halt zu finden. Staubpartikel tanzten im schmalen Strahl seiner Taschenlampe, als sie flackerte – einmal, zweimal – dann zu einem sterbenden Glühen verblasste.

»Annie«, sagte er, Dringlichkeit schärfte seine Stimme. »Das Licht.«

»Wenn das Licht ausgeht, müssen sich unsere Augen eben an die Dunkelheit gewöhnen, nehme ich an«, Annies Tonfall war leicht, fast spielerisch in der erdrückenden Dunkelheit. »Wir sind nicht dem Untergang geweiht, Ethan. Nur vorübergehend beeinträchtigt.«

»Vorübergehend beeinträchtigt?«, wiederholte er ihre Worte mit einem Schnauben und versuchte, die aufkommende Panik in Schach zu halten. »Du nennst es 'vorübergehend beeinträchtigt', in einer Mine eingesperrt zu sein?«

»Semantik«, erwiderte sie und wischte seine Besorgnis mit einem Lachen beiseite, das von den kalten Steinwänden widerhallte.

Ethan hätte von Annies Reaktion nicht überrascht sein sollen. Er hatte sie in den schlimmsten Situationen erlebt – unter Beschuss, von Mördern bedroht – und dennoch hatte Annie nur in ihren Träumen Angst. Wenn sie von ihrem Bruder und seinem Tod träumte – das war die einzige Zeit, in der Annie Angst zu haben schien.

Mit einem resignierten Seufzen nahm Ethan die Batterien aus der Taschenlampe und rieb sie energisch an seiner Hose. Funken statischer Elektrizität klebten am Stoff, ein schwacher Hoffnungsschimmer. Er setzte die Batterien wieder ein, schüttelte die Taschenlampe und drückte den Einschaltknopf.

Das Licht flackerte auf und warf lange Schatten über die felsige Weite. Ethan ließ einen Atem entweichen, von dem er nicht gemerkt hatte, dass er ihn angehalten hatte.

»Netter Trick«, lobte Annie und spähte in die Tiefen, die vom erneuerten Lichtstrahl erhellt wurden.

»Alter FBI-Feldarbeits-Hack«, gab Ethan zu und bemühte sich um Gelassenheit trotz des Adrenalins, das noch immer durch ihn pumpte.

»Scheint, als wären wir mit dir nicht völlig im Dunkeln«,

witzelte sie und lächelte mit einer Zuversicht, die die Ungewissheit ihrer Situation Lügen strafte.

»Du wusstest, dass uns jemand folgt, oder?«

»Nenn es Intuition«, zuckte Annie mit den Schultern, während ihre Augen die Schatten absuchten, als erwarte sie, dass diese ihre Geheimnisse preisgeben würden. »Ich hoffe, dass mein zweiter Verdacht – dass Rettung unterwegs ist – sich ebenfalls als richtig herausstellt. Aber dafür braucht es den Glauben an das Gute in den Menschen, tief unter ihren Lügen.«

»Oh nein«, stöhnte Ethan, lehnte sich gegen die Wand und rieb sich mit einer müden Hand die Augen. »Du denkst, wir werden gerettet, weil Menschen gut sind?« Er seufzte, die Last der Welt auf seinen Schultern. »Dann sterben wir wohl hier drin. War schön, dich gekannt zu haben, Hudson.«

»Ich glaube nun mal an die Dinge, die ich nicht sehen kann«, zuckte Annie mit den Schultern. Ethan setzte sich neben sie und nahm ihre Hand in seine. »Im Gegensatz zu *jemand anderem*, den ich kenne.«

»Das ist es also?«, sagte Ethan. »Ich verhungere in einer dunklen Mine, weil du einen Punkt über Aliens machst, oder den Glauben an das Unbekannte, oder-«

»Glaubst du, ich bin so kleinlich?«

»Du hättest mir sagen können, dass du wusstest, dass uns jemand folgt«, bot Ethan an.

»Ja«, stimmte Annie zu. »Ich hätte es dir sagen sollen. Aber ich bin nicht sicher, ob es etwas geändert hätte.«

Ethan versuchte, seine Frustration zu unterdrücken. Annie war anders als fast jeder, den er je getroffen hatte. Ihr Verstand funktionierte nicht wie seiner. Und er hatte gelernt, ihrer Brillanz zu vertrauen. Aber jetzt, in der Dunkelheit der Mine, wünschte er, sie hätte ihm gesagt, was sie wusste.

»Ist es, weil du mir nicht vertraust?«, sagte er und lehnte seinen Kopf gegen die Höhlenwand. Annies Hand fühlte sich klein in seiner an.

»Das ist es nicht«, sagte Annie. »Ich kann einfach nicht geben, was ich nicht habe. Es ist, als ob ich einer unendlichen Anzahl möglicher Fäden folge, und jeder davon könnte sich als wahr herausstellen. Ich *wusste* nicht, dass wir in der Mine eingesperrt werden würden, obwohl ich *vermutete*, dass uns jemand folgt. Es braucht Zeit, bis aus Vermutungen Fakten werden, und wenn ich meine Vermutungen teile, bevor ich bereit bin, könnte ich unbeabsichtigt ein bestimmtes *Ergebnis schaffen*.«

Ethan schüttelte den Kopf, unfähig, Annies Logik zu glauben. Es klang fast wie Aberglaube. Dennoch hatte sie ihn bisher nie im Stich gelassen. Er hob ihre Hand an seine Lippen und küsste sie, wobei ihm bewusst wurde, dass – wenn er sterben müsste – es wenigstens neben jemandem sein würde, den er liebte.

In diesem Moment durchschnitt das Knirschen von Metall auf Stein die Stille der Minen, ein Geräusch, das sowohl alarmierend als auch vielversprechend war. Annie und Ethan rissen ihre Köpfe in Richtung des Geräusches, ihre Hände griffen instinktiv nach nicht vorhandenen Waffen.

»Wurde auch Zeit!«, durchschnitt Annies Stimme die Spannung, als die Tür knarrend aufging und Biancas pinkes Haar zum Vorschein kam, das wie ein Leuchtfeuer im schwachen Licht glühte, und Harlans bärtiger Umriss dahinter auftauchte. Giselle stand neben ihnen, mit gezogener Waffe, von Kopf bis Fuß in Pyjama gekleidet.

»Habt ihr uns vermisst?«, zwitscherte Bianca und schwang eine Brechstange mit überschwänglicher Geste.

»Wie ein Loch im Kopf«, schoss Ethan zurück, trotz seines trockenen Tons war die Erleichterung deutlich.

»Dachten, ihr braucht die Kavallerie.« Harlans Brust schwoll vor Stolz an, als er zwei LED-Taschenlampen präsentierte, deren Strahlen die trüben Tiefen durchdrangen.

»Oder einfach einen besseren Schlosser«, sagte Annie und nahm das angebotene Licht an.

»Der schwarze SUV war hinter euch her«, erklärte Bianca und zeigte mit dem Daumen hinter sich, während sie den Weg nach draußen anführte. »Also haben wir Giselle geholt und sind dem Verfolger gefolgt.«

»Toll, eine Parade.« Ethan verdrehte die Augen. Er stand auf, half Annie hoch, begierig darauf, der abgestandenen Luft zu entkommen, die ihn umgab.

»Ist sonst noch jemand hier drin?«, fragte Giselle und suchte die Minen hinter ihnen nach Verdächtigen ab. »Habt ihr gesehen, wer euch eingeschlossen hat?«

»Nein«, antwortete Annie. »Wer auch immer uns hier eingeschlossen hat, ist längst weg.«

»Lasst uns rausgehen, bevor sie zurückkommen«, sagte Bianca und schauderte. »Dieser Ort jagt mir Gänsehaut ein.«

Die Gruppe stolperte an der Metalltür vorbei und weg von den Kiefern der Minen, die protestierend weit offen standen. Gemeinsam bewegten sie sich in Richtung des Eingangs. Ethan atmete tief die frische, saubere Luft ein, als sie die Wüste erreichten.

»Nächstes Mal bringt Snacks mit«, schlug Ethan trocken vor, als er in die offene Landschaft trat, den riesigen, sternenübersäten Wüstenhimmel über ihnen.

»Euer Truck steht noch hier«, bemerkte Bianca mit einem überraschten Unterton, als ob Fahrzeuge in diesen Gegenden häufig Beine bekommen und weglaufen würden.

»Kleine Wunder«, sagte Annie, ihre Augenbrauen in gespieltem Erstaunen gehoben. Sie rannte zur Rückseite des Trucks und öffnete den Kasten mit Wasserflaschen, auf dessen Mitnahme sie bestanden hatte, und warf jedem Mitglied ihrer Gruppe eine zu. Ethan drehte den Deckel ab und kippte das Wasser hinunter, als wäre er wochenlang eingesperrt gewesen. Er wischte sich den Mund ab und blickte zur Straße.

»Habt ihr jemanden gesehen, als ihr hergekommen seid?«

»Nein«, schüttelte Bianca den Kopf. »Aber auf dem Weg

hierher habe ich den schwarzen SUV gesehen, der euch folgte.«

»Ich habe das Kennzeichen überprüft, während wir hierher fuhren«, bot Giselle an, »und Harlan hatte recht. Es sind gefälschte Kennzeichen. Der SUV ist ein Geist. Offensichtlich jemand, der nicht gefunden werden will.«

»Wartet...«, Harlan hob eine Hand und kniff die Augen zusammen, um in die Dunkelheit zu spähen. Das schwache Geräusch eines Motors summte in der Ferne. »Schaut«, flüsterte er, als Scheinwerfer über dem Sand zum Leben erwachten und Lichtstrahlen in ihre Richtung warfen.

»Da ist er!«, hüpfte Harlan auf seinen Fußballen, Triumph glänzte in seinen Augen. »Das ist er! Der schwarze SUV!«

Der SUV schwenkte auf sie zu. Giselles Mund öffnete sich vor Schock. Annie stand regungslos da. Sie blickte zu Ethan, der die Stirn runzelte, als spüre er mehr als das, was er sah. Annie beobachtete, wie Ethan auf den herannahenden SUV zuging.

Er fuhr auf sie zu, über den Sand, und kam nur zehn Fuß von der Gruppe entfernt zum Stehen. Die Scheinwerfer waren hell – fast blendend.

Ethan stand vor der Gruppe und öffnete seine Arme weit, als könnte er sie beschützen.

Die getönten Scheiben des SUVs machten es unmöglich zu sehen, wer drin saß. Aber wer auch immer es war, konnte sie sehen – so viel war sicher.

Einen Moment lang dachte Annie, jemand könnte aus dem Fahrzeug steigen. Stattdessen gab es ein stummes Kräftemessen. Dann drehten sich die Reifen des SUVs an Ort und Stelle, und er raste über den Sand davon und verschwand in der Nacht, als wäre er nie da gewesen.

»Was glaubt ihr, was sie wollen?«, sagte Bianca mit zitternder Stimme.

»Ich weiß es nicht«, sagte Annie und blickte zu Ethan, der immer noch regungslos dastand. Ein seltsamer Ausdruck huschte über sein Gesicht, als wäre er auf den Kopf geschlagen worden. Annie erkannte das Gefühl: Ethan hatte einen Verdacht. Aber er war noch nicht sicher, ob dieser zu einer Tatsache führen würde. »Aber ich glaube, wir werden es bald herausfinden.«

KAPITEL EINUNDZWANZIG

NACH EINER LANGEN Fahrt zurück zum Wohnmobilpark stellte Bianca ihren pinken Van wieder auf seinen Mietplatz. Giselle ging nachsehen, wie es ihrer Mutter ging, während Annie und Ethan ihren Truck auf dem Parkplatz ließen, und die gesamte Truppe vereinbarte, sich erneut an der Feuerstelle des Parks zu treffen, um zu besprechen, was sie herausgefunden hatten.

Sie gingen gemeinsam zum Treffpunkt und stellten fest, dass inmitten des Desasters leicht Freundschaften entstanden waren. Annie hielt mit Bianca Schritt, die so schnell redete, dass es klang, als hätte sie einen Polizeifunk verschluckt. »Als ich sah, wie es euch folgte, wusste ich, dass ich etwas tun musste«, sagte Bianca mit weit aufgerissenen Augen. »Es war wie aus einem Spionagefilm. Richtig intensiv.«

Ethan ging nebenher, sein Gesichtsausdruck eine Mischung aus Belustigung und Skepsis. »Und das hast du gesehen, während...?«

»Beim Filmen! Klar!« sagte Bianca. Sie richtete ihre pinken Haare, die das einzige waren, das heller strahlte als ihre Begeisterung. »Ich drehte eines meiner UFO-Videos, als ich es sah. Ich wusste, dass es verdächtig war, also bin ich los und habe Harlan geholt.«

»Eines deiner UFO-Videos?«, fragte Annie pointiert und lächelte trotz allem. »Ich nehme an, du hast da draußen etwas eingefangen?«

»Nichts Großes...«, sagte Bianca nervös.

Neben ihr nickte Harlan, sein Bart wippte bei jedem Schritt. »Die Regierung vertuscht sowieso die Hälfte aller UFO-Begegnungen«, sagte er. »Sie wollen nicht, dass wir wissen, was wir wissen. Sie setzen uns Peilsender ins Gehirn.«

»Wow«, sagte Ethan. »Und die ganze Zeit dachte ich, es wäre das Koffein, das mich nachts wach hält.«

Annie blickte zu ihm und dann zurück zu Bianca. »Und du bist sicher, dass der schwarze SUV das einzige Auto war, das du gesehen hast?«

»Wer sonst hätte euch in der Mine einschließen können?«, zuckte Bianca mit den Schultern.

Als sie bei der Feuerstelle ankamen, waren sie erfreut festzustellen, dass Giselle und Maria bereits da waren, zusammen mit Frankie und Allen. Die Feuerstelle loderte wie eine kleine Sonne. Annie hielt abrupt inne und blinzelte angesichts der unerwarteten Versammlung. Giselles Mutter, Maria, saß neben ihr mit Stricknadeln in der Hand.

»Willkommen!«, rief Frankie und hob ein Bier, als ob er die ganze Nacht im Wohnmobilpark gewesen wäre. Sein Blazer und seine Krawatte saßen schief, als hätte er sie in Eile übergeworfen. »Hab eine kleine Party für uns alle geplant. Den ganzen Tag geplant. Ich war beschäftigt mit der – Planung.«

»Den ganzen Tag?«, sagte Annie und beäugte seine Hände, die mit Schmutz geschwärzt waren.

Frankie zuckte mit den Schultern, ein Grinsen klebte in seinem Gesicht. »Holzkohlestaub. Vom Feuer.«

Ethan lehnte sich näher, seine Stimme leise. »Interessantes Timing.«

Als sie Platz nahmen, eilte Allen mit einem Tablett voller Snacks herbei. »UFO-S'mores!«, verkündete er und verteilte Kekse, die in Form fliegender Untertassen geschnitten waren. Seine Schürze war makellos und sein Lächeln breit.

»Nehmt euch was zu trinken«, rief Giselle in abweisendem Ton. »Es ist eine Party.« Sie zeigte auf eine Kühlbox voller Bier. Ethan nahm eins, ein Knallgeräusch hallte durch die Nacht, als er es öffnete.

Annie musterte die Gruppe: Giselle, Maria, Bianca, Harlan und Allen. Ihre Verdächtigen, alle an einem Ort.

Annie saß ruhig da, ihre Augen wanderten von Person zu Person, als würde sie ein Puzzle zusammensetzen.

»Ganz schön viele Leute?«, flüsterte Ethan und setzte sich neben sie.

»Das sind unsere Verdächtigen, alle an einem Ort«, flüsterte Annie zurück und hielt ihre Stimme unter der Musik, die aus einem Lautsprecher dröhnte, den Frankie aufgestellt hatte, leise. »Nur wenige Stunden, nachdem wir in einer Mine eingeschlossen wurden.«

»Ich bin einfach froh, draußen zu sein«, sagte Ethan und kippte sein Bier, als wäre es das letzte, das er je bekommen würde. »Auch wenn ich von potenziellen Mördern umgeben bin.«

Annie ignorierte ihn, ihr Verstand raste durch die Möglichkeiten und das, was sie bisher wusste. Giselle, die unerschütterliche Sheriffin, die vorgab, sich nicht zu kümmern, aber offensichtlich etwas verbarg. Maria, Giselles Mutter, weise und undurchschaubar, die alles beobachtete. Bianca, die mit ihrer Kamera herumfummelte, zu nervös für jemanden, der nichts zu verbergen hatte. Harlan, in ein tiefes Gespräch mit Allen verwickelt, wild gestikulierend. Und Frankie, der fröhliche Gastgeber – mit *Schmutz* an seinen Händen.

Ihre Gedanken kreisten zurück zum SUV. Sie sinnierte über das Verhalten des Fahrers. Es war, als würde es von jemandem gefahren, der sie beobachtete. Vielleicht nicht ein Stalker – sondern ein Beschützer. Annie spürte, wie die Teile zusammenkamen, fast in Reichweite.

»Jamal hat in der Nacht, als er starb, ein UFO gesehen«, sagte Bianca, ihre Stimme durchschnitt das Knistern des Feuers. Sie sah sich im Kreis um, ihre Augen forderten jeden heraus, ihr zu widersprechen. »Ich hab's auf Band. Es ist echt.«

Die Gruppe verstummte, die Nacht drängte sich um sie. Sterne verstreut wie ein kosmischer Schauer über dem Himmel.

»Vielleicht hatten die Aliens einen Plan«, fuhr Bianca leise fort. »Vielleicht wussten sie, dass Jamal ermordet werden würde, und sie wollten ihm helfen.«

»Bitte«, sagte Allen und schüttelte den Kopf. »Wenn die Aliens irgendeinen Plan hatten, dann war es, Jamal zu töten, um ihre Existenz geheim zu halten.«

Ethan schüttelte den Kopf, sein Ausdruck ruhig, aber entschlossen. »Oder vielleicht gibt es keinen Plan. Das Leben ist zufällig. Chaotisch.«

Giselle grinste und hob ihre Flasche zu einem spöttischen Toast. »Mein Plan ist, die Party zu genießen und mich nicht zu kümmern.«

Marias Stimme war sanft, ein sanfter Kontrast zu den anderen. »Als ich klein war, erzählte mir meine Großmutter, sie könne die Sterne in der Nacht hören«, sagte sie, halb auf Spanisch. »Erst als die Stadt kam, hörten sie auf, das Summen zu hören.«

Ethan beugte sich vor, sein Ton unerschütterlich. »Was bedeutet das?«

»Dass viele Dinge in dieser Welt passieren, die du nicht erklären kannst«, sagte Maria.

Bianca verschränkte die Arme, ihre Lippen eine schiefe

Linie der Trotzigkeit. »Ich glaube an Aliens. Und dieses wird mein bestes Band aller Zeiten sein.«

Ethan seufzte, ein Hauch von Verzweiflung in seinen Augen. »UFOs sind nicht real. Das Leben hat keinen Sinn oder Plan.«

Annie beobachtete ihn mit einem nachdenklichen Blick. »Ich bin mir da nicht so sicher«, sagte sie. »Ich denke, es gibt einen Grund, warum wir heute Abend alle zusammengebracht wurden. Einen Grund, warum dieser SUV uns gefolgt ist. Und – sehr bald – werde ich in der Lage sein, es euch allen zu sagen.«

Die Gruppe blickte sie an, ihre Augen weit aufgerissen, Münder offen.

Einer nach dem anderen sahen sie sich gegenseitig an. Annie verfolgte ihre Blicke. Maria schaute zu Giselle, die auf die sandige Erde starrte. Dann blickte Giselle zu Allen, der zurückstarrte, bevor er seinen Blick zu Bianca wandte, die stattdessen beschloss, sich auf ihr Handy zu konzentrieren. Harlan schaute zu den Sternen hinauf, als würde er sich etwas wünschen, und – an seiner Seite – spielte Frankie mit seiner Krawatte und steckte sie wieder fest.

»Das ist eine nette Idee, Annie«, durchbrach Harlan die Stille. »Was auch immer du sagst, was passiert ist – selbst wenn es verrückt klingt – ich verspreche dir eins... ich werde dir glauben.«

Seine Worte hingen in der Luft, eine Herausforderung, ein Versprechen. Das Feuer knackte und zischte. Annie stand auf und spürte, dass sie ihre Willkommenszeit überschritten hatte. Ethan gesellte sich zu ihr, und nach einigen höflichen »Gute Nacht«-Wünschen machten sie sich auf den Weg zurück zum Wohnmobil.

Annie wusste, dass sie nah dran waren – so nah – an der Wahrheit. Sie musste nur noch ein paar lose Enden zusammenbinden, von denen einige um genau die Feuerstelle saßen, die sie gerade verlassen hatte.

KAPITEL ZWEIUNDZWANZIG

AM NÄCHSTEN MORGEN stand Annie vor ihrem Wohnmobil, das Telefon an einem Ohr und den Finger im anderen, um den Lärm des Wüstenwinds auszublenden. Der Geruch von Holzkohle vom Lagerfeuer des Vorabends hing noch in der Luft und vermischte sich mit der trockenen Wüstenluft und dem Staub. Milos Stimme knisterte durch die Leitung, seine Aufregung kaum zu bändigen, als er ihr mitteilte, was sie zu hören gehofft hatte:

Russels Anlage befand sich in den Minen.

»Der Sensor, den Ethan platziert hat, ist ein Prachtexemplar«, sagte Milo, während die Verbindung rauschte. »Ich erstelle gerade ein 3D-Bild.«

»Was zeigt es?«, fragte Annie und ging auf und ab. Ihre Augen schweiften über den leeren Wohnmobilpark, die schwachen Umrisse der anderen Wohnmobile, die wie schlafende Riesen verstreut lagen.

»Ich erkenne eine klare Struktur«, antwortete er. »Etwa 93 Quadratmeter. Eine starke technische Signatur geht davon aus.«

Annie spürte einen Schub des Triumphs. »Solche Technik

bedeutet, es ist definitiv Russels Anlage«, sagte sie. »Wir sind nah dran.«

»Ich sag dir«, fuhr Milo fort, seine Stimme eine Mischung aus Freude und Statik, »sie läuft auf Hochtouren.«

Annies Gedanken rasten, verknüpften diese neue Information mit allem, was sie bereits wussten. Die Anlage war real. Sie waren auf der richtigen Spur. Sie fühlte einen Anflug von Entschlossenheit. »Was ist mit dem schwarzen SUV?«, fragte sie und wechselte das Thema.

Milo zögerte. »Konnte ihn nicht verfolgen, nachdem er euch verlassen hat«, sagte er. »Hat den Satelliten-Ping abgewiesen. Selbst als ich versuchte, ein Bild zu bekommen, wurde das Video vom Satelliten schwarz. So etwas hab ich noch nie gesehen.«

Annies Herz sank ein wenig. »Satelliten-Blockiertechnologie? *Gibt* es sowas überhaupt?«

»Scheint wohl so zu sein«, bestätigte Milo. »Wer auch immer in diesem Wagen sitzt, ist kein Witz. Wenn sie Zugang zu Technologie haben, von der nicht mal ich weiß, müssen sie unangreifbar sein.«

Die Information lastete schwer und bedeutungsvoll auf ihr. Es bedeutete, dass sie es mit einer mächtigen Organisation zu tun hatten, einer mit Ressourcen und Reichweite. »Danke, Milo«, sagte sie. »Forsch weiter über diese Satellitenblockade. Lass es mich sofort wissen, wenn du mehr hast.«

»Mach ich«, sagte Milo. »Bleib wachsam, Annie.«

Sie beendete den Anruf und stand einen Moment da, ließ die Wüstennacht sie umhüllen. Die Einsätze wurden höher. Sie spürte den Nervenkitzel, gemischt mit einer vertrauten Dringlichkeit. Sie drehte sich um und ging zurück ins Wohnmobil, bereit, Ethan auf den neuesten Stand zu bringen. Aber als sie eintrat, fand sie ihn noch schlafend vor - genau wie sie ihn zurückgelassen hatte.

Ethan lag auf dem Hochbett im Wohnmobil, die Arme hinter dem Kopf verschränkt. Er hörte die Tür auf- und zugehen, spürte die Veränderung im kleinen Raum, als Annie hochkletterte, um sich zu ihm zu gesellen. Sie schmiegte sich an seine Seite, und er genoss ihre Wärme.

»Die Sterne sind verschwunden«, sagte Ethan und deutete auf das kleine Fenster. »Es fühlt sich fast friedlich an.«

Annie kuschelte sich näher an ihn. »Milo hat es bestätigt«, sagte sie. »Russels Anlage ist in den Minen.«

Er atmete tief aus, sein Gesicht eine Mischung aus Erleichterung und etwas anderem. »Wir sind also nah dran.«

Sie nickte und beobachtete seinen Gesichtsausdruck genau. »Was ist los?«

Ethan zögerte, sein Blick auf den Nachthimmel gerichtet. »Ich will die Bestätigung, dass meine Schwester tot ist«, sagte er schließlich. »Ein für alle Mal.«

Annie spürte das Gewicht seiner Worte, die Geschichte dahinter. Sein Bedürfnis nach Abschluss war etwas, das sie zutiefst verstand. »Und was, wenn wir das nie bekommen können?«, fragte sie.

»Dann habe ich Jahre damit verschwendet, auf etwas zu hoffen, das nicht real ist«, sagte Ethan. Er machte eine Pause, die Stille war schwer. »Ein Teil von mir hat sich immer gefragt, ob sie noch irgendwo da draußen sein könnte. Ich brauche einen Abschluss. Keine weiteren Jahre, in denen ich mich frage...«

Annie hörte zu, ihr Mitgefühl für ihn tiefer, als sie es zeigte. »Das ist keine Zeitverschwendung«, sagte sie leise.

Er schüttelte den Kopf, ein schiefes Lächeln auf den Lippen. »Zu glauben, dass sie noch da draußen ist, ist wie an UFOs zu glauben«, sagte er. »Es ist nur Hoffnung statt Realität.«

Annie sah ihn an, ihre Augen suchten die seinen. »Ich weiß nicht«, sagte sie. »Ich bin mir nicht so sicher. Vielleicht ist es einfach nur das Wissen, dass du nicht alle Fakten hast - und auf das beste Ergebnis deiner Vermutungen hoffst.«

Die Worte hingen zwischen ihnen, trugen unausgesprochene Möglichkeiten. Annies Gedanken rasten mit allem, was sie wussten, allem, was sie noch nicht wussten. Sie fühlte, wie Ethans Arm sich enger um sie legte, und spürte, dass er sie mehr brauchte als sie ihn.

»Wenn deine Schwester am Leben wäre«, fragte Annie leise, »würdest du es überhaupt wissen *wollen*?«

Ethan antwortete nicht sofort. Seine Augen blieben auf das Fenster gerichtet, und sie spürte die Spannung in ihm. »Ich bin mir nicht sicher«, sagte er schließlich, seine Stimme fast ein Flüstern.

Sie lagen zusammen in dem kleinen Raum, die Frage schwebte im Raum, die Wüste dehnte sich um sie herum aus. Annie spürte seinen Herzschlag an ihrer Wange, stetig, aber unsicher. Sie hielt ihn etwas fester, beide gefangen zwischen Hoffnung und dem, was als Nächstes kommen würde.

»Es wird alles gut«, sagte Annie. »Heute bekommen wir Antworten.«

»Wo fangen wir an?«, fragte Ethan.

Annie lächelte. »Wo wir begonnen haben. Mit einem Besuch beim Sheriff.«

KAPITEL
DREIUNDZWANZIG

DAS BÜRO des Sheriffs von Rachel, Nevada war ein Witz. Eine einsame Hütte mit einem einzigen Raum am Stadtrand, die aussah, als könnte sie einstürzen, wenn der Wind zu stark wehte. Annie und Ethan tauschten einen Blick, als sie eintraten. Die kahlen Wände und der staubige Boden waren die einzigen Zeugen ihrer Ankunft. Ein einsamer Schreibtisch stand in der Mitte, Papiere überall verstreut, als hätte er die Hoffnung auf Ordnung längst aufgegeben.

»Das ist alles?«, flüsterte Ethan und nahm den erbärmlichen Zustand des Ortes in Augenschein.

Annie nickte und suchte bereits mit ihren Augen nach Giselle. »Nach dem, was wir über Rachel wissen, bist du immer noch überrascht?«, flüsterte sie mit einem Hauch von Ironie.

Giselle stand hinter dem Schreibtisch, ihre dunklen Haare zu einem strengen Dutt zurückgebunden. Sie trug ihre Uniform wie eine Rüstung, ihr Gesichtsausdruck so unnachgiebig wie die Wüste draußen. Annie konnte nicht umhin zu bemerken, dass die Wärme, die sie am Vorabend zwischen ihnen aufgebaut hatten, verschwunden war. Heute war Giselle ganz geschäftlich.

»Ich muss mit Ihnen über Jamals Mord sprechen.«

Giselles Augen flackerten, nur für einen Moment, bevor sie wieder zu einem gleichmäßigen Starren zurückkehrten. »Ich habe Ihnen bereits alles gesagt, was ich weiß.«

Annies Blick war unerbittlich. »Aber dieses Mal brauche ich von Ihnen die Wahrheit.«

Giselle verschränkte die Arme, ihre Haltung defensiv. »Beschuldigen Sie mich etwa?«

Ethan schaltete sich ein, sein Ton besänftigend. »Wir versuchen nur zu verstehen, was passiert ist. Giselle, es ist offensichtlich, dass Sie kein schlechter Mensch sind. Wir erkennen beide ehrenhafte Gesetzeshüter, wenn wir sie sehen. Was auch immer Sie verwickelt sind, wir werden versuchen sicherzustellen, dass Sie so unbeschadet wie möglich daraus hervorgehen.«

Sie schaute zwischen ihnen hin und her, ihre Entschlossenheit begann Risse zu zeigen. »Es gibt keinen Ausweg. Keinen, bei dem mein Leben nicht vorbei ist...«

Annie beugte sich vor, ihre Stimme eine Mischung aus Empathie und Beharrlichkeit. »Das wissen Sie nicht. Lassen Sie uns Ihnen helfen. Wenn Sie glauben, dass Sie mit diesem Geheimnis leben können, irren Sie sich. Sie werden sowieso irgendwann das Richtige tun. Vielleicht heute. Vielleicht in zehn Jahren. Aber irgendwann werden Sie die Wahrheit sagen.«

Giselles Augen huschten zum Boden und dann zurück zu Annie. »Warum das?«

»Weil Jamal Ihr Freund war«, sagte Annie, ihre Worte präzise, durchdrangen Giselles Abwehr. »Und Sie sind keine Person, die einen Freund im Stich lässt. Das haben Sie gestern Abend bewiesen.«

Giselles Schultern sackten zusammen, der Kampfgeist wich aus ihr. Das Gewicht des staubigen Raumes schien sich auf sie zu legen, als sie sich schwer auf einen Stuhl setzte.

Annie beobachtete sie und spürte den Wandel. Ethan blieb ruhig und ließ Annies Strategie sich entfalten.

»Ich kann nicht«, sagte Giselle schließlich, ihre Stimme brach wie die Decke über ihnen es könnte. Ihre Augen wurden feucht, als sie Tränen zurückhielt. »Sie verstehen das nicht. Es könnte mich alles kosten.«

Annie und Ethan tauschten einen Blick, wissend, dass sie nah dran waren. Die Wahrheit steckte dort drin, vergraben unter Giselles Angst. Sie mussten sie nur ausgraben.

Sie zogen zwei Stühle von der Wand weg und platzierten sie neben Giselle, umgaben sie genau wie beim Lagerfeuer.

Giselles Widerstand bröckelte wie der Putz an den Bürowänden. Sie schaute weg, unfähig, ihrem Blick standzuhalten. Im Raum war es still, bis auf das Geräusch ihres Atmens, jeder Atemzug ein Kampf zwischen Angst und dem Bedürfnis zu gestehen.

»Jamal war ein Freund«, sagte sie mit brechender Stimme. »Aber ich kann nichts sagen, ohne ein Versprechen von Ihnen. Einen Deal.«

»Wir können keine offiziellen Deals machen, aber Sie müssen uns vertrauen, dass wir alles tun werden, was wir können, um Ihnen zu helfen, wenn das alles vorbei ist«, sagte Ethan. »Sie wissen jetzt genug über uns. Sie müssen vertrauen.«

Annie beobachtete sie und sah den emotionalen Konflikt deutlich in ihrem Gesicht. Sie erkannte in Giselle den Wunsch, Menschen zu helfen. Normalerweise ging niemand in die Strafverfolgung, ohne diesen Wunsch zu haben.

»Sie wurden Sheriff, um den Menschen in Rachel zu helfen«, sagte Annie. »Jetzt ist es Jamal, der Ihre Tapferkeit braucht. Sie müssen ihm Gerechtigkeit verschaffen.«

Giselle wischte sich mit dem Handrücken die Augen, ihre Abwehr war verschwunden. »Ich möchte helfen«, sagte sie, ihre Stimme kaum mehr als ein Flüstern. »Aber wenn ich es tue, meine Mutter-« Sie hielt inne, die Worte blieben ihr im Hals stecken.

Annie beugte sich vor, ihre Stimme sanft, aber beharrlich. »Was ist mit Ihrer Mutter?«

Giselle holte tief Luft und versuchte, sich zu beruhigen. »Sie ist hier ohne Papiere. Die Person, die Jamal getötet hat, weiß das. Wenn ich etwas sage, werden sie sie verraten. Sie wird abgeschoben.«

Das Gewicht ihrer Worte hing in der Luft, schwer und bedrückend. Annie und Ethan tauschten einen Blick, beide verstanden, was auf dem Spiel stand. Giselle hatte ein schweres Geheimnis geteilt und schien dadurch erleichtert.

Ethan sprach zuerst, sein Ton beruhigend. »Wir können Ihnen dabei helfen. Es gibt Wege, sie zu schützen.«

Giselle schaute ihn an, ihre Augen voller Zweifel und Verzweiflung. »Wie? Sie sind FBI, nicht Einwanderungsbehörde.«

Annies Stimme war fest und durchschnitt Giselles Angst. »Wir haben Verbindungen. Aber wir brauchen Ihr Vertrauen. Wir müssen wissen, was Sie wissen.«

Giselle schüttelte den Kopf, ihre Angst war spürbar. »Ich kann das nicht riskieren. Sie verstehen das nicht.«

Annies Augen ruhten unerschütterlich auf ihren. »Wir verstehen mehr, als Sie denken.«

Giselle blickte auf ihre Hände, ihre Finger verdrehten sich nervös. Der Kampf war deutlich, ein Kampf zwischen ihrer Loyalität zu ihrer Familie und ihrem Wunsch nach Gerechtigkeit für Jamal. Annie und Ethan warteten und gaben ihr den Raum, den sie brauchte, wissend, dass die Entscheidung von ihr kommen musste.

»Meine Mutter«, sagte Giselle schließlich, ihre Stimme eine Mischung aus Entschlossenheit und Resignation. »Sie ist alles, was ich habe.«

Annie nickte, ihr Gesichtsausdruck wurde weicher. »Und

Jamal war alles, was jemand anderes hatte. Sie können uns helfen, das in Ordnung zu bringen.«

Ethan beugte sich vor, sein Gesichtsausdruck aufrichtig. »Wir können mit der Einwanderungsbehörde zusammenarbeiten, ihren Status schützen lassen, während die Ermittlungen laufen. Es ist nicht einfach, aber es ist möglich.«

Giselle musterte sie, suchte nach jedem Anzeichen von Täuschung. »Sind Sie sicher?«, fragte sie, ihre Stimme klein und unsicher.

Annie nickte, ihre Augen standhaft. »Der beste Weg, sie zu schützen, ist mit uns zusammenzuarbeiten. Je mehr wir wissen, desto besser können wir sie schützen.«

Giselles Zweifel war offensichtlich, aber auch ihre Verzweiflung. Sie wollte ihnen glauben, brauchte es. »Was, wenn Sie sich irren?«

Ethans Stimme war sanft, aber mit einer unterschwelligen Stärke. »Wir irren uns nicht. Wir wissen, was wir tun.«

»Wir haben einen Plan, um den Mörder zu konfrontieren«, sagte Annie lächelnd. »Aber wir brauchen Ihre Hilfe. Und Sie müssen eine unterschriebene Erklärung mit Ihrer Aussage abgeben.«

Giselle schaute zwischen ihnen hin und her, ihre Angst wich langsam vorsichtiger Hoffnung. »Die Wahrheit?«, sagte Giselle, ihre Stimme eine Mischung aus Erleichterung und Angst.

Annie nickte.

»Ich werde es tun«, gab Giselle nach.

Annie erlaubte sich ein Ausatmen, wissend, wie viel diese Entscheidung Giselle gekostet hatte. »Wir müssen alle im Alien Eats zusammenbringen«, sagte sie und wechselte in den Planungsmodus. »Ich möchte meine Ergebnisse mit allen Verdächtigen an einem Ort präsentieren.«

Giselle wischte sich die Augen, ihre Entschlossenheit kehrte zurück. »Soll ich sie zusammentrommeln?«

»Ja«, sagte Annie. »Und wir brauchen Verstärkung von

anderen Strafverfolgungsbehörden. Nur für den Fall, dass unser Mörder zu fliehen versucht.«

Ethan nickte und unterstützte sie. »Giselle, können Sie in Vegas anrufen? Holen Sie uns ein paar zusätzliche Hände hierher?«

Giselle holte tief Luft, das Gewicht ihres nun geteilten Geheimnisses. »Das kann ich tun«, sagte sie, ihre Stimme stärker. »Ich werde sie alle dorthin bringen.«

Annie beobachtete sie und sah die Verwandlung in ihren Augen. Sie war von ängstlich zu heldenhaft übergegangen. Die Wahrheit neigte dazu, das mit Menschen zu machen. »Danke«, sagte sie und wusste, wie viel es bedeutete. »Wir werden Sie nicht im Stich lassen.«

Giselle stand auf, ein Hauch von Entschlossenheit in ihren Augen, der vorher nicht da war. »Ich hoffe nicht«, sagte sie, ihr Ton trug immer noch eine Spur Zweifel, war aber jetzt mit Vertrauen durchsetzt.

Annie und Ethan standen auf, um zu gehen, der Staub des Büros wirbelte um sie herum wie eine Wolke der Ungewissheit, die langsam anfing sich zu legen. Sie wussten, was getan werden musste, und mit Giselles Kooperation waren sie der Wahrheit einen Schritt näher. Nach Händeschütteln und Versprechen machten Annie und Ethan ihren Abgang.

Giselle sah ihnen nach, der staubige Raum hinter ihr nun ein Ort der Macht anstatt der Angst. Sie kannte die Risiken, aber sie wusste auch, dass ihre Mutter stolz auf ihre Entscheidung wäre. Sie nahm den Hörer ab, bereit, den Plan in Gang zu setzen.

»Hier spricht Sheriff Giselle aus Rachel«, sagte sie in die Leitung, die mit dem Las Vegas Police Department verbunden war. »Ich habe eine Aktion laufen und brauche Verstärkung.«

Sie schluckte und hoffte, dass die Vegas Police sie nicht im Stich lassen würde. Was diese Verstärkung anging... Giselle hatte das Gefühl, dass sie sie brauchen würden.

KAPITEL VIERUNDZWANZIG

ES WAR NACHMITTAG, als Annie alle Verdächtigen ihrer Ermittlung im Alien Eats versammelte.

Sie saßen wie eine Jury zusammen, der lange Tisch zwischen ihnen ausgestreckt – die Verdächtigen auf der einen Seite und Annie und Ethan auf der anderen. Sterne hingen von der Decke des Alien Eats herab, und eine riesige UFO-Skulptur ragte draußen auf. Es war viel zu verarbeiten – ähnlich wie die Neuigkeiten, die Annie im Begriff war mitzuteilen.

Giselle trug ihre Sheriffuniform, ihr Gesichtsausdruck so starr wie ihre Haltung. Neben ihr flüsterte Maria halb auf Spanisch, halb auf Englisch, ihre weisen alten Augen huschten zwischen den Gesichtern hin und her. Bianca spielte mit einer Videokamera, ihre pinkgefärbten Haare leuchteten hell gegen die grüne Sitzbank des Diners. Harlan nippte an einer Tasse Kaffee und blickte nervös aus dem Fenster. Frankie saß in einer Krawatte, obwohl sie nicht zu seiner Jogginghose passte. Ein Stapel Dokumente lag neben ihm wie ein improvisierter Schutzschild. Er hatte sich ein paar Stunden früher am Tag genommen und einige gefälschte

Rechtsdokumente ausgedruckt, falls er eine Verteidigung benötigte – Frankie konnte sich natürlich keinen Anwalt leisten, aber er hoffte, dass die betrügerischen Papiere den Prozess zumindest verlangsamen würden.

Annie und Ethan saßen ihnen gegenüber, ein Bild professioneller Ruhe inmitten des Chaos. Annies scharfe Augen musterten die Gruppe, während Ethans breitschultrige Gestalt sich nach vorne lehnte, zugänglich, aber bestimmt. Allen kreiste in seiner weißen Schürze um den Tisch, füllte Getränke nach und brachte Gerichte, als wäre dieses Treffen ein Familientreffen und keine Mordermittlung.

»Also«, sagte Harlan und brach die Stille mit seinem rauen Ton. »Warum sind wir hier?«

Annie ließ die Pause hängen, ihre Finger tippten einen stillen Rhythmus auf den Tisch. »Wir wissen, wer Jamal getötet hat.«

Die Gruppe keuchte im Einklang auf, als ob die Luft aus dem Raum gesaugt worden wäre. Selbst die Papiersterne über ihnen schienen zu zittern.

»Das stimmt«, fuhr Annie fort, ihre Stimme präzise und gleichmäßig. »Aber um zur Wahrheit zu gelangen, müssen wir Person für Person durchgehen.«

Bianca verschränkte die Arme, ihre Augen verengten sich. »Was meinst du damit?«

»Ich meine«, sagte Annie, »dass jede einzelne Person an diesem Tisch ein Geheimnis hat. Um fair zu sein, fange ich mit uns an«, Annie nickte zu Ethan. »Zwei Außenseiter, die zufällig zur gleichen Zeit in die Stadt kommen, als ein Mord geschieht. Verdächtig, findet ihr nicht?«

»Das will ich meinen«, stimmte Harlan zu und nickte heftig.

Annie machte eine Pause, zog sie hinein, ließ die Stille ihre Magie wirken. »Wir kamen in die Stadt, weil ein Mann namens Russel Grey mit dem Tod unserer beider Geschwister in Verbindung stand, die ermordet wurden, als wir Teenager waren. So haben Ethan und ich uns... verbunden. Wir waren beide von einem schrecklichen Verbrechen betroffen, das von einem Serienmörder begangen wurde, bekannt als der Immobilien-Schlitzer.«

Der Raum wurde still, das einzige Geräusch war das Klirren von Allens Kaffeekanne, als er Harlans Tasse nachfüllte und in der Nähe verweilte, um kein Wort zu verpassen. Maria bekreuzigte sich und flüsterte um göttlichen Schutz. Giselles Lippen pressten sich zu einer dünnen, straffen Linie zusammen. Frankie schüttelte den Kopf und murmelte etwas, das wie »Oh Mann« klang. Bianca senkte ihre Kamera, verblüfft, während Harlan einen leisen Pfiff ausstieß, seine Augen verengten sich interessiert.

»Das ist... wow«, sagte Bianca schließlich. »Also, damit habe ich nicht gerechnet.«

Annie nickte und ließ ihnen Zeit, den Schock zu verarbeiten. »Bei der Verfolgung des Immobilien-Schlitzers sind wir auf einen Mann namens Russel Grey gestoßen, der mit einer gefährlichen Gruppe namens ‚Das Kollektiv' verbunden war.«

Harlans Augen leuchteten mit dem Eifer eines wahren Gläubigen auf. »Ich wusste es! Ich versuche seit Jahren, jedem davon zu erzählen!«

Ethan hob amüsiert eine Augenbraue. »Ist das so?«

Harlan lehnte sich vor, mit der Intensität eines gerechtfertigten Mannes. »Schattenorganisation. Sehr geheimnisvoll. Sehr gefährlich. Es gibt alle möglichen Reddit-Threads darüber im Verschwörungsforum. Du sagst, Russel war ein Teil davon?«

»Genau das sagen wir«, erwiderte Annie. »Leider wurde Russel ermordet, bevor er uns etwas erzählen konnte. Aber er führte uns hierher, wo er behauptete, einen geheimen Stützpunkt zu haben, der uns helfen würde, das Kollektiv zu Fall zu bringen.«

Frankies Gesicht wurde blass, die Farbe unverkaufter Pfannkuchen. »Ein geheimer Stützpunkt hier in Rachel?«

»Vielleicht«, sagte Annie, ihre Stimme wie eine Nadel, die die Spannung durchstach. »Aber bevor wir überhaupt die Chance hatten, danach zu suchen, stolperten wir über Jamals Mord und stellten fest, dass wir noch einen weiteren Fall zu lösen hatten. Was uns zu euch allen bringt.« Annie öffnete ihre Arme, als würde sie Teilnehmer bei einem Schönheitswettbewerb vorstellen. »Fangen wir mit... *Bianca* an.«

Alle Augen richteten sich auf die junge Frau, der Druck im Raum verlagerte sich wie ein Scheinwerfer. Sie schaute Annie an, eine Mischung aus Angst und Trotz in ihren Augen.

»Bianca«, fuhr Annie fort, ihr Ton so scharf wie ihr Blick. »Du bist eine erfolgreiche YouTuberin, bekannt für deine Arbeit zur Dokumentation von Alien-Phänomenen.«

Bianca blinzelte, unsicher, ob dies ein Lob oder eine Falle war. »Äh, ja. Das bin ich.«

»Du hast dir eine ziemliche Fangemeinde erarbeitet«, fuhr Annie fort, ihre Worte bedächtig, präzise. »Aber nachdem ich deine Videos online gesehen habe, musste ich mich fragen...«

Bianca schluckte schwer, ihr Gesicht verlor seine Farbe, ihre Haare waren nun das Hellste an ihr. »Fragen was?«

»...ob du vielleicht einen Großteil deiner Inhalte erfindest.«

Die Anschuldigung hing in der Luft, so schwer und greifbar wie das UFO draußen. Die Gruppe beobachtete Bianca, wartete auf ihre Antwort, die Stille des Raumes so dick wie die Milchshakes des Diners.

»Okay«, sagte sie, ihre Stimme klein, aber entschlossen. »Was Annie euch gesagt hat, ist wahr.«

Die Gruppe lehnte sich vor, angezogen von der Dramatik ihres einzigen lokalen Prominenten.

»Ich habe meine Videos gefälscht«, gestand sie, ihre Worte purzelten heraus. »Aber nur, weil ich etwas Echtes einfangen will. Ich meine, *wirklich* echt. Nicht wie diese anderen Betrüger.«

Annies Augen blieben auf ihr, lasen jedes Flackern von Emotion. »Deshalb hast du überall in der Stadt Kameras aufgestellt?«

»Ja«, sagte Bianca, ihre Stimme gewann an Kraft. »Und sie liefen in der Nacht, als Jamal getötet wurde.«

Giselles Augen weiteten sich vor Schock. »Bianca! Du hattest die ganze Zeit Aufnahmen vom Mörder?«

Bianca nickte. Sie griff in ihren Rucksack und zog eine Festplatte heraus, die sie über den Tisch zu Annie schob.

»Nachdem wir euch gestern Abend aus den Minen gerettet haben und wir alle um die Feuerstelle saßen, wurde mir klar, dass ich reinen Tisch machen musste«, sagte Bianca und blickte auf den Tisch. »All das Gerede über Aliens und die Sterne... Ich erkannte, dass es größere Dinge gibt als mich. Ich meine, mein Leben ist nur eine winzige Erfahrung im großen Unbekannten. Also wollte ich es dir heute erzählen, aber dann hast du um ein Treffen gebeten, also habe ich es mitgebracht.« Sie nickte zur Festplatte, die nun sicher in Annies Händen war. »Du wirst es auf dem Video sehen. Der Mörder verlässt das Diner direkt nach Jamals Tod. Es ist alles auf Band.«

Annies Stimme war sanft, aber unerbittlich. »Kannst du der Gruppe bitte mitteilen, warum du diese Information versteckt hast?«

Bianca holte tief Luft, ihr Gesicht eine Mischung aus Scham und Trotz. »Der Mörder hat mich bedroht. Er schickte mir eine E-Mail, als er bemerkte, dass die Kameras da waren. Sagte, er würde der Welt erzählen, dass meine Videos gefälscht sind, wenn ich sie nicht lösche. Das einzige Problem ist, er schickte die E-Mail von Jamals Konto. Also habe ich keine Ahnung, wer es war.«

Maria keuchte, ihre Hand flog zu ihrer Brust. Frankie murmelte zum dritten Mal »Oh Mann«. Harlans Blick huschte zwischen Bianca und Annie hin und her, versuchte, alles zusammenzufügen. Giselle sah sie sanft an, ein wissendes Leid überzog ihren Gesichtsausdruck.

Annie nickte, ihr Ausdruck fast sanft. »Es scheint, dass unser Verdächtiger Erpressung genießt, nicht wahr?«, fragte Annie und warf einen Blick auf Giselle, bevor sie sich wieder Bianca zuwandte. »Aber wie so viele von euch an diesem Tisch ist Bianca ein guter Mensch. Als sie sah, wie der schwarze Van uns in jener Nacht folgte, rief sie Harlan und Giselle an, und die drei retteten uns.«

Bianca schaute auf, überrascht von dem unerwarteten Lob. »Ich wollte nicht, dass euch etwas Schlimmes passiert.«

Ethan zuckte zusammen und verdrehte die Augen. »Nun... wir wissen das zu schätzen.« Annie stieß ihn hart mit dem Ellbogen an und wandte dann ihre Aufmerksamkeit Harlan zu.

»Das bringt uns zu Harlan, dessen Verschwörungstheorien nicht abwegig sind. Er hatte die ganze Zeit recht mit dem schwarzen SUV.«

Harlan blähte sich auf, der stolze Besitzer einer endlich bestätigten Weltanschauung. »Ich hab's euch allen gesagt!«

»Ich vermute jetzt ziemlich stark, dass der schwarze SUV mit dem Kollektiv verbunden ist«, fuhr Annie fort, ihr Blick schweifte über den Tisch. »Aber die Person, die im schwarzen SUV war, war nicht diejenige, die uns in dieser Nacht im Van eingesperrt hat...«

Der Raum wurde still, jedes Augenpaar auf Annie gerichtet, jedes Ohr gespannt auf das nächste Wort.

»Stattdessen«, sagte sie und zog die Pause hinaus, »war es...«

Sie ließ die Spannung steigen, ihr Timing tadellos, ihre Darbietung makellos.

»Frankie.«

Die Reaktion war sofort und elektrisch, als hätte jemand gerade eine Wahrheitsbombe mitten im Diner gezündet.

Die Gruppe keuchte erneut auf, ein Chor des Schocks, der über den Tisch schwappte. Sie starrten Frankie an, als wäre er ein Aussätziger. Seine schlaksige Gestalt schien zu schrumpfen, seine Krawatte sah plötzlich zu groß für seinen Hals aus.

»Ich?«, quietschte Frankie, seine Stimme brach. »Du denkst, ich habe es getan?«

Annies Blick war unnachgiebig. »Wir *wissen*, dass du es getan hast.«

Frankie brach zusammen, das Geständnis sprudelte aus ihm heraus wie Luft aus einem durchstochenen Reifen. »Okay, okay! Ich habe euch in den Minen eingesperrt!«

Maria bekreuzigte sich zum dritten Mal an diesem Tag und flüsterte um göttlichen Schutz. Giselles Augen weiteten sich, ihre strenge Miene rutschte. Harlan lehnte sich zurück, ein zufriedenes Grinsen breitete sich auf seinem Gesicht aus.

»Aber ich wollte euch nicht verletzen«, platzte Frankie heraus, seine Stimme verzweifelt. »Ich... ich geriet in Panik.«

Annie neigte den Kopf, ihr Ausdruck eine Mischung aus Neugier und leichter Belustigung. »Warum erzählst du uns nicht, wovor du solche Angst hattest?«

Frankies Schultern sackten herab, das Gewicht seines Geheimnisses war endlich zu viel zu tragen. »Mir gehört das Land des Wohnmobilparks nicht. Es ist Regierungsland, und ich darf es nicht nutzen. Meiner Oma gehörte es auch nicht. Wir vermieten Stellplätze, die wir nicht nutzen dürfen. Im Grunde seid ihr alle unwissende Besetzer, die *mir* dafür bezahlen, auf Regierungsland zu leben, das mir nicht einmal gehört. Sie könnten uns jederzeit vertreiben.«

Das Geständnis hing in der Luft, absurd und tragisch und ein bisschen lustig. Die Gruppe starrte ihn an und versuchte, diese bizarre Wendung zu verarbeiten. Dann hallten Rufe über den Tisch. Harlan stand auf und spritzte sein Getränk über Frankies Anzug.

»Du *Idiot!*«, schrie Harlan.

Bianca lehnte sich über den Tisch und zeigte mit dem

Finger auf Frankie. »Und ich dachte, du hast mir das Doppelte berechnet!«

»*Estúpido!*«, rief Maria.

Ethan steckte seine Finger in den Mund und pfiff laut, um die Gruppe wieder auf den Boden zu bringen. »Lassen wir Frankie eine Chance zur Erklärung«, schlug Ethan vor.

»Oh Mann«, sagte Frankie und schüttelte den Kopf. »Ich werde so viel Ärger bekommen.«

Ethan lehnte sich vor, sein Ton sanft, aber bestimmt. »Du hast uns in den Minen eingesperrt, weil du dachtest, wir würden es herausfinden?«

»Es war der Blick auf Annies Gesicht! Die Art, wie sie die gefälschte Landurkunde anstarrte, die ich euch gab. Es schien, als hätte sie es bereits gewusst. Ihr müsst verstehen, meine Oma begann den Betrug vor langer Zeit und wurde nie erwischt. Ich wollte nicht derjenige sein, der alles ruiniert. Der Wohnmobilpark ist alles, was ich habe.« Frankies Augen waren weit vor Panik. »Ich wollte euch rauslassen, ich schwöre! Aber dann sah ich diesen schwarzen SUV, der zusah, und ich geriet in Panik.«

Annie nickte, ihr Ausdruck wurde sanfter. »Und du hast es bereut, sobald es vorbei war.«

Frankie nickte, sein Gesicht ein Bild schuldiger Erleichterung. »Es tut mir wirklich leid, Annie. Ethan.«

»Entschuldigung *nicht* angenommen, Frankie«, sagte Ethan, noch immer kochend. »Aber dazu kommen wir später.«

Annies Stimme war fast freundlich. »Wir verstehen dich, Frankie.«

Die Spannung im Raum ließ nach, das Drama verpuffte. Aber Annies nächste Worte ließen es wieder aufleben.

»Außerdem... ihr und Bianca wart nicht die Einzigen mit einem Geheimnis.«

Ihr Blick fiel auf Giselle, der Fokus verlagerte sich mit der Präzision einer gut getimten Handlungswendung. Giselle saß steif da, die Hand ihrer Mutter auf ihrem Arm, die Erwartung der Gruppe baute sich um sie herum auf wie ein Sturm.

Die Gruppe beobachtete Giselle, ihre Erwartung dick genug, um sie mit einem Messer zu schneiden. Marias Hand lag auf dem Arm ihrer Tochter, drückte sanft und drängte sie zum Sprechen. Giselles Augen waren auf den Tisch gerichtet.

»Giselle«, sagte Maria sanft. »Sag ihnen die Wahrheit. *La verdad.*«

Die Sheriffin schaute auf, ihre Augen trafen auf Annies. Sie waren voller Konflikt, Angst und etwas mehr als nur ein Geheimnis.

»Ich sah ihn«, sagte Giselle, ihre Stimme brach die Spannung wie ein plötzlicher Donnerknall. »Ich sah den Mörder über Jamals Leiche stehen.«

Die Reaktion der Gruppe war explosiv, ein Ausbruch von Geräusch und Bewegung. Biancas Kamera surrte zum Leben. Harlans Kaffee schwappte über den Rand seiner Tasse. Frankie sah aus, als wäre ihm gerade eine lebenslange Strafe gegeben worden. Ethans Augen trafen Annies, ein stummes Verständnis.

»Aber er wollte nicht, dass ich ihn verrate«, fuhr Giselle fort, ihre Stimme wurde stärker, entschlossener. »Er bedrohte mich genau wie er Bianca bedrohte.«

Annie lehnte sich vor, ihre Aufmerksamkeit so fokussiert wie ein Laserstrahl. »Welche Art von Drohung?«

Giselles Augen huschten zu ihrer Mutter, dann zurück zur Gruppe. »Er sagte, er würde meine Mutter abschieben lassen, wenn ich die Wahrheit sage.«

Die Gruppe saß in betäubtem Schweigen, das volle Gewicht der Enthüllung legte sich über sie wie ein schwerer Nebel. Maria klopfte ihrer Tochter auf den Rücken, stolz, dass sie sich entschieden hatte, die Wahrheit zu sagen.

Frankie war der Erste, der es brach, seine Stimme dringend und fordernd. »Wer? Wer war es?«

Giselles Augen fanden Allen, der in der Küche stand,

gerade sichtbar durch einen Ausschnitt an der Bar. Gerade dann, als ob er wüsste, dass er gerufen wurde, durchquerte Allen den Diner und brachte eine Kanne Kaffee mit sich. Er stellte sich neben Harlan und füllte seine Tasse nach.

»Noch jemand?«, fragte Allen und tat sein Bestes, so zu wirken, als wäre nichts falsch.

Zitternd stand Giselle auf und zeigte auf ihn, ihre Stimme ruhig und klar. »Es war Allen. *Allen* hat Jamal getötet.«

Der Moment dehnte sich wie ein Gummiband, bereit zu reißen. Dann spürte Annie den Ruck, den Funken der Gefahr, den Moment, bevor er zuschlägt. Allen drehte die Tasse mit heißem Kaffee, die er hielt, zu ihr hin und spritzte ihn auf ihren Oberkörper. Der Kaffee breitete sich über den Tisch aus, brühend heiß, eine flüssige Explosion, die direkt auf sie gerichtet war. Sie zuckte zurück, das dampfende Gebräu verfehlte sie knapp und spritzte über die UFO-gemusterte Tischdecke.

Allen rannte, seine Schürze flatterte hinter ihm wie eine weiße Fahne der Kapitulation. Aber es gab keine Kapitulation in seinen Augen, nur Panik und Entschlossenheit.

»Haltet ihn auf!«, rief Ethan und sprang auf die Füße.

Die Gruppe brach in Chaos aus, Stühle kratzten, Stimmen schrien, der Klang ein überwältigender, dissonanter Chor. Frankie stolperte in seiner Eile, stolperte fast über Biancas ausgestrecktes Bein. Harlan griff nach Allens Arm, fing aber nur Luft. Giselle war auf den Beinen, ihr Training setzte ein, ihr Abzeichen blitzte, als sie sich bewegte, um Allens Weg zu blockieren.

Aber Allen war schnell – schneller, als jeder von ihnen erwartet hatte. Er tauchte unter Giselles Reichweite durch, eine geschickte Drehung, die ihn an Maria vorbei, an Harlan vorbei, an der geschockten und sich zusammenrottenden Gruppe vorbei brachte.

Er war fast an der Tür.

Die Gruppe stand erstarrt, die Realität seiner Flucht sank ein.

Aber wenn sie sich einen Moment Zeit genommen hätten, um über ihre Schultern zu schauen, hätten sie Annie bemerkt, die noch am Tisch saß, ein kleines Lächeln spielte in ihrem Mundwinkel.

KAPITEL FÜNFUNDZWANZIG

ALLENS AUGEN HUSCHTEN zur Tür von Alien Eats. Die Freiheit war nur einen Sprint entfernt, wenn er es nur schaffen würde. Er stand an der Eingangstür, den Griff bereits in der Hand. Er öffnete sie weit und warf einen Blick auf das - *»Es ist nicht von dieser Welt!*« - Neonschild über der Alienstatue auf dem Parkplatz. Nur noch ein paar Schritte und er wäre-

Er kam rutschend zum Stehen. Das Diner war umstellt. Überall Polizisten. Sein Mund wurde trocken. Eine Wand aus blauen Uniformen blockierte den Ausgang, Waffen gezogen. Sie drängten ihn zurück ins Diner, stürmten auf ihn zu. »Polizei! Bleiben Sie, wo Sie sind!«, riefen sie, ihre Stimmen überlappten sich. Allens Gedanken rasten. Er war erledigt. Völlig erledigt. Er drehte sich um, hoffte auf einen anderen Ausweg, aber seine Beine fühlten sich bleischwer an. Er schaffte es zwei Schritte in Richtung Küche, bevor er das Stampfen von Füßen hinter sich hörte.

Sie waren innerhalb von Sekunden bei ihm. »Runter! Runter mit Ihnen!« Allens Welt neigte sich. Er stolperte, versuchte zu entkommen, aber das Geräusch von Rufen und scharrenden Stühlen erfüllte seine Ohren.

Allen schlug hart auf dem Linoleum auf. Schmerz durchzuckte seine Schulter, als die Polizei ihn zu Boden riss und festhielt. Seine Wange presste sich gegen den klebrigen Boden, direkt neben einem Kaugummi. »Ich bin unschuldig! Ich habe nichts getan!« Es fühlte sich an, als wären hundert Hände an ihm, packten, hielten, verdrehten seine Arme hinter seinem Rücken. Er versuchte, sich freizuwinden, aber je mehr er kämpfte, desto fester hielten sie ihn.

Giselles Gestalt ragte über ihm auf. Er erkannte sie an ihren Stiefeln. »Ich würde gerne die Ehre übernehmen, Jungs«, sagte sie und beugte sich zu Allens Niveau herab, während ein Polizist ihm Handschellen anlegte. »Allen, Sie sind verhaftet. Sie haben das Recht zu schweigen. Alles, was Sie sagen, kann und *wird* vor Gericht gegen Sie verwendet werden – Sie haben das Recht auf einen Anwalt.« Giselle beugte sich noch tiefer hinunter und flüsterte boshaft in sein Ohr: »Du dachtest, du *hättest* mich, aber was du nicht wusstest, ist, dass ich nicht allein gearbeitet habe.«

Allens Gedanken waren verschwommen. Er konnte es nicht glauben. Konnte nicht glauben, dass sie ihn geschnappt hatten. »Ihr habt keine Ahnung!«, schrie er, seine Stimme brach vor Frustration. Die Polizisten zogen ihn auf die Füße und schleppten ihn zur Tür. »Ich habe alles richtig gemacht! Alles! Den Abschluss bekommen. Mir den Arsch aufgerissen, um irgendwohin zu kommen. Und was bekomme ich? Nichts!« Er war den Tränen nahe, seine Worte hallten von den alienmotivgeschmückten Wänden wider.

Allens Beine funktionierten kaum, als sie ihn nach draußen stießen, seine Schuhe rutschten über den Boden. »Ich habe alles richtig gemacht!«, brüllte er erneut, ein verzweifelter, letzter Schrei.

»Tschüss, Allen«, winkte Bianca fröhlich. Sie hielt ihre Kamera in die Höhe und nahm jeden Moment auf. »Ich kann es kaum erwarten, diesen Typen auf YouTube berühmt zu machen«, sagte sie zu Giselle und lächelte.

Allens Stimme verklang in der Ferne, als die Tür hinter ihm zuschlug und die übrigen Verdächtigen ihrem Klatsch und dem blinkenden Neonschild überließ. Nachdem sich das Chaos gelegt hatte, herrschte eine unheimliche Ruhe.

»Sollten wir zu unserem Mittagessen zurückkehren?«, fragte Annie.

Einer nach dem anderen kehrte die Gruppe zu ihren Plätzen zurück. Annie nahm noch einen Schluck Kaffee und räusperte sich, bevor sie ihre Geschichte fortsetzte, als wäre nichts Ungewöhnliches passiert. »Also, seht ihr, Jamal wurde von Allen ermordet, der kürzlich einen Abschluss gemacht hatte, aber keine Arbeit finden konnte. Frustriert von seinen mangelnden Möglichkeiten, änderte er Jamals Testament, um sich das Diner zu hinterlassen, und beendete dann das Leben des Mannes, der ihm seine erste Chance gegeben hatte. Allen ließ das gefälschte Testament an einer offensichtlichen Stelle in Jamals Büro zurück. Wir fanden das Original in Allens Wohnmobil, das wir heute Morgen durchsucht haben«, fügte Annie hinzu. »Es scheint, dass Frankie nicht die einzige Person in der Stadt ist, die gerne gefälschte Papiere erstellt.«

Frankie errötete.

Ethan lehnte sich über den Tisch, die Augen weit vor Neugier. »Und was ist mit dem UFO, das Jamal vor seinem Tod gesehen hat?«, fragte er, seine Stimme eine Mischung aus Unglaube und Faszination. Das Diner war jetzt ruhiger, das Chaos der Verhaftung verblasste in der Vergangenheit. Die Alien-Dekoration schien sich zu neigen und zu lauschen. »War es eine Illusion... oder ein Trick? Eine Art Ablenkung, die Allen geschaffen hat, um den Fokus von sich selbst als Verdächtigen abzulenken? Wer hat das gefälscht und warum?«

Annie nahm einen Schluck Kaffee, ihr Gesichtsausdruck nicht zu deuten. »Das UFO war echt«, sagte sie mit einem beiläufigen Achselzucken. »Die einfachste Erklärung ist oft die richtige. Das UFO war tatsächlich ein nicht identifiziertes Objekt, vielleicht von einer anderen Welt.«

Ethan blinzelte, sein Verstand versuchte mit ihren Worten Schritt zu halten. Er sah aus, als hätte sie ihm gerade erzählt, die Erde sei flach. »Dein Ernst?«, sagte er, seine Stimme klang fast wie ein Lachen. »Das ist deine Antwort?«

Annie stellte die Tasse ab, ihre Augen trafen seine mit ruhiger Gewissheit. »Warum nicht?«, sagte sie. Ihr Ton war so sachlich, dass es fast komisch war. »Alles andere passt. Jamal sah, was er sah. Wir sind in Rachel, das für Alien-Sichtungen bekannt ist. Angesichts der verfügbaren Fakten erscheint es fast lächerlich, *nicht* zu dem Schluss zu kommen, dass das UFO echt ist.«

»Erwischt«, lächelte Bianca Ethan an und nahm seine Reaktion auf diese schockierende Nachricht auf. »Ich werde dieses Video ‚Nicht-Gläubiger wird belehrt' nennen.«

Ethan lehnte sich zurück und fuhr sich mit der Hand durch die Haare. »Ich kann das nicht glauben. Du, von allen Leuten. Die große Annie Hudson, Privatdetektivin, Mysterien-Löserin extraordinaire, und du erzählst mir, es waren *Aliens*?«

Sie beugte sich vor, ihr Blick standhaft. »Denk darüber nach, Ethan. Harlan hat das UFO auch gesehen. Bianca hat das Objekt auf Band. Wir haben beide das Material gesehen und – selbst mit unserem Wissen über Regierungsprogramme müssen wir beide zugeben – es gibt kein Objekt, das sich so bewegen kann. Und wie Bianca betont hat, glaubt sogar der Kongress jetzt an Aliens.«

»Ja, Ethan, komm in der Gegenwart an!«, lachte Bianca.

Ethan schüttelte den Kopf und versuchte, seinen Verstand darum zu wickeln. Die Idee war so... einfach, aber so herausfordernd. »Aber du bist diejenige, die immer sagt, dass wir den Fakten folgen müssen«, sagte er, ein Grinsen zuckte an seinen Mundwinkeln. »Und jetzt gehst du voll auf Akte X?«

Annies Lippen verzogen sich zum leisesten Anflug eines

Lächelns. »Manchmal ist die Wahrheit seltsamer als die Fiktion.«

»Ich weiß nicht, ob ich lachen oder anfangen soll zu glauben«, sagte er und beobachtete sie mit einer Mischung aus Bewunderung und Verwirrung. »Du bleibst wirklich dabei, oder?«

Annie nickte, ihre Augen funkelten mit einem seltenen Blick von Humor. »Bis das Gegenteil bewiesen ist«, sagte sie, ihre Stimme fest, aber verspielt. »Du musst einen offenen Geist bewahren, Ethan.« Dann fügte sie traurig hinzu: »Du wirst ihn brauchen, fürchte ich. Wir sind noch nicht fertig mit den Überraschungen.«

Ethan konnte nicht anders als zu lachen und schüttelte den Kopf in Niederlage. »Gut, du gewinnst«, sagte er und hob die Hände in Kapitulation. »Aber ich behalte mir das Recht vor, ,Ich hab's dir ja gesagt' zu sagen, wenn keine kleinen grünen Männchen auftauchen.«

Annie lehnte sich zurück, zufrieden. »Abgemacht«, sagte sie und nahm ihren Kaffee wieder auf.

Die Sterne an der Decke schienen ihnen zuzuzwinkern, stille Zeugen des Mysteriums, das vielleicht wirklich nicht von dieser Welt war.

Biancas Augen waren weit vor Aufregung, als sie ihre Kamera zum ersten Mal den ganzen Tag ausschaltete und ablegte. »Ich habe alles auf Band«, sagte sie, praktisch auf ihrem Sitz hüpfend. Ihr pinkes Haar wippte mit jedem Wort. »Der Mord wird gelöst. Und ein echtes UFO! Ich werde die Wahrheit online stellen. Es wird durch die Decke gehen.«

Ethan beobachtete sie, amüsiert von ihrer Energie. Plötzlich setzte er sich auf, gestört von etwas, das ihm gerade erst aufgefallen war. »Und was ist mit dem schwarzen SUV?«, fragte er, sein Ton wechselte zu Neugier.

»Ja«, sagte Harlan, fast beleidigt, dass sein Lieblingsprojekt bis zum Ende der Erklärung gelassen wurde. »Wir brauchen hier eine Auflösung. Als erste Person, die den SUV identifiziert hat, bin ich bereit, bestätigt zu werden.« Harlan strahlte förmlich und lehnte sich in seinem Stuhl zurück. »Also, was ist es, Annie? Es ist alles verbunden, nicht wahr? Der schwarze SUV hat mit Aliens, der Regierung, dem Kollektiv zu tun. Eine große Verschwörung.«

Annie unterbrach, ihre Stimme schnitt durch Harlans Ausführungen wie ein Messer. »Der schwarze SUV ist nichts von alledem.«

»Was ist er dann?«, fragte Harlan, defensiv.

»Ich muss es euch zeigen«, sagte sie, leise und ernst. »Aber es scheint, als hätte man mir etwas Hilfe angeboten.« Annie nickte zum Fenster neben der Sitzecke und schaute auf etwas auf dem Parkplatz des Diners. Alle drehten sich um und starrten auf den schwarzen SUV, der harmlos zum Diner hin geparkt war. Die Fenster behielten ihre Tönung bei, was es unmöglich machte, die Figur im Inneren zu erkennen. Aber es war klar, dass die Person im SUV sie sah: Die Scheinwerfer blitzten einmal auf, dann zweimal, fast als würde der SUV sie vorwärts drängen.

»Was zum Teufel...?«, sagte Ethan. Sein Herz raste, aber er wusste nicht warum. Etwas an diesem Moment fühlte sich entscheidend an, als ob die Entscheidung, die er in den nächsten Minuten treffen würde, alles Kommende bestimmen könnte.

Annie drehte sich zu Ethan, ein besorgter Blick auf ihrem Gesicht. »Ich muss wissen, dass du damit umgehen kannst«, sagte sie und legte eine Hand auf sein Knie. »Ich muss wissen, dass du aufgeschlossen sein kannst, bevor wir ihnen folgen.«

Ethan hatte Annie noch nie so gesehen – sie war unerschütterlich. Die Besorgnis, die sich auf ihrem Gesicht abzeichnete, machte ihm Angst. Dennoch war er auf der Suche nach der Wahrheit gekommen. Und es gab jetzt kein Zurück mehr.

»Was könnte seltsamer sein, als dass Aliens echt sind?«, lächelte Ethan.

»Wir kommen mit euch«, meldete sich Harlan freiwillig.

»Ja«, fügte Bianca hinzu, »ich würde gerne sehen, was als Nächstes passiert.«

»Ich denke, Ethan und ich sollten das alleine angehen-«, begann Annie zu sagen, aber Ethan schüttelte den Kopf.

»Sie können mitkommen«, sagte er ihr. Er bemerkte einen skeptischen Blick in ihren Augen. »Ich mag diese Gruppe irgendwie«, flüsterte er leise. »Besser, Verstärkung zu haben, oder?«

Annie überlegte, dann nickte sie.

»Leute«, sagte sie, »diesmal ist es nicht der SUV, der uns folgt. Diesmal – folgen *wir ihnen*.«

KAPITEL SECHSUNDZWANZIG

DIE FAHRT WAR RUHIG. Eine unheimliche Stille legte sich über das Innere des Pickup-Trucks, während Ethan dem schwarzen SUV über den Wüstensand folgte, in Richtung Norden zur offenen Landschaft, die über der Stadt Rachel lag. Ethan warf einen Blick zu Annie, die während der gesamten Fahrt geschwiegen hatte. Ihr Kopf lehnte am Fenster, ihre Augen blickten zum Horizont, als wäre er ein Rätsel, das sie nicht lösen konnte.

»Sie bringen uns auf demselben Weg zurück, den wir neulich Abend genommen haben«, bemerkte Ethan wenig hilfreich.

»Ja, das tun sie«, stimmte Annie zu. »Das habe ich mir schon gedacht. Ich möchte gerne glauben, dass sie nur auf den richtigen Moment gewartet haben.«

»Den richtigen Moment?«

»Diese Person hat uns vermutlich beobachtet«, sagte Annie, laut nachdenkend. »Immerhin wussten sie, dass wir zu den Minen unterwegs waren und sind uns dorthin gefolgt. Sie haben Bianca erlaubt, sie hinter uns zu sehen-«

»Sie fuhren *so* schnell!«, rief Bianca aus. Sie saß auf dem Klappsitz zwischen Annie und Ethan. Der Rest der Gruppe befand sich in Giselles Polizeiwagen, der im Rückspiegel zu sehen war, aber Bianca hatte darauf bestanden, bei Annie und Ethan mitzufahren. »Ich konnte sie nicht übersehen.«

Ethan umklammerte das Lenkrad fester und blieb dicht hinter dem schwarzen SUV, der nur wenige Meter vor ihnen fuhr.

»Wenn sie unentdeckt bleiben wollten, hätten sie eine andere Route nehmen können«, fuhr Annie fort. »Aber wie Bianca gerade erzählt hat, hat die Person, die den SUV fuhr, sich absichtlich zu erkennen gegeben. Ich glaube, sie wussten, dass Frankie nichts Gutes im Schilde führte, und drängten andere dazu, uns zu Hilfe zu kommen. Sie warteten vor den Minen, um sicherzustellen, dass wir sicher herauskamen. Deshalb glaube ich, dass sie uns nichts Böses wollen.«

»Warum zeigen sie sich dann nicht?«, wandte Ethan ein.

Annie zuckte mit den Schultern. »Vielleicht warteten sie darauf, dass wir das Rätsel um Jamals Tod lösen. Oder«, sie zögerte, unsicher, ob sie aussprechen sollte, was ihr durch den Kopf ging, »vielleicht wussten sie, dass wir mehr Zeit brauchten, um uns mit der Idee anzufreunden.«

»Annie, kannst du mir nur einmal etwas direkt sagen-«

»Ich glaube nicht, dass ich das kann«, sagte Annie bedauernd. »Wenn ich falsch liege-«

»Du liegst nie falsch.«

»Dieses Mal könnte es sein! Vielleicht ist es nicht, wer ich denke, und es ist nur ein ganz normaler Bösewicht«, schlug Annie vor.

»Du liegst *nie* falsch«, wiederholte Ethan.

»-wäre es besser, sie selbst erklären zu lassen-«

»Ich würde es lieber von dir hören.«

»Aber dann stecke ich mittendrin...«

»Leute?«, warf Bianca ein und unterbrach einen sich anbahnenden Streit. »Ich glaube, wir sind da.« Sie zeigte durch die Frontscheibe, wo der schwarze SUV von der Straße abbog. Er kämpfte sich über den Sand in Richtung des vertrauten Äußeren der Minen.

»Die Minen«, sagte Ethan und folgte dem SUV zum inzwischen vertrauten, heruntergekommenen Gebäude. Als der SUV anhielt, stellte auch Ethan den Truck auf Parkstellung. Giselles Polizeiwagen hielt neben ihm, und die ganze Gruppe stieg aus: Giselle, Maria und Harlan.

Bianca öffnete ihren Sicherheitsgurt und verließ den Pickup-Truck hinter Annie und Ethan, die an der Spitze der Gruppe standen. Alle warteten atemlos.

Dann machte Ethan ein paar Schritte nach vorne, in Richtung des SUVs. Er hob eine Hand, als wolle er signalisieren, dass sie in Frieden kämen.

»Wie sicher bist du, dass sie uns nichts tun wollen, Annie?«

Hinter seiner Schulter kam die Antwort: »Fünfundneunzig Prozent.«

Ethan zuckte zusammen. Sein Leben hing an den unbekannten fünf Prozent. Dann spürte er eine warme Hand, die in seine glitt. Es war Annie. Sie drehte sich zu ihm um, ängstlicher, als er sie je gesehen hatte.

»Annie?«, fragte Ethan besorgt. »Was ist-«

»Sei nicht böse auf mich«, sagte sie. »Wenn ich Recht habe und das die Person ist, die ich vermute, sei einfach nicht böse auf mich. Ich konnte es dir nicht sagen, wenn ich nicht sicher war. Und ich bin *immer noch* nicht sicher, aber auf der Fahrt hierher wurde es immer klarer und klarer...«

Jetzt war Ethan *wirklich* beunruhigt. »Annie, was entgeht mir hier?«

»Erinnerst du dich an unser Gespräch darüber, was du tun würdest, wenn ein Raumschiff direkt vor dir landen würde?«

»Ja.«

»Nun, Erde an Ethan«, sagte Annie.

Bevor Ethan seine nächste Frage stellen konnte, öffnete sich die Tür des SUVs, und eine Gestalt stieg auf der Fahrerseite aus. Sie trug schwarze Kampfstiefel, ihr kurzes, asymmetrisches Haar war zur Seite geschoben. Ihre Kleidung war komplett schwarz unter einer langen Jacke, und als sie ihre Sonnenbrille abnahm, war der besorgte Ausdruck auf ihrem Gesicht so aufrichtig, dass Ethan einen Schritt zurücktreten wollte.

»Das ist sie!«, rief Harlan, sprang in die Luft und zeigte auf die Frau vor ihr. »Das ist die Regierungsagentin! Sie ist diejenige, die ich gesehen habe! Ich hatte Recht. Ich *habe* es euch allen gesagt-«

»Ssscht«, sagte Giselle, die spürte, dass etwas Größeres vor sich ging. Dennoch bewegte sie eine Hand in Richtung ihrer Dienstwaffe, nur für den Fall, dass Harlan nicht falsch lag.

»Ihr müsst mich erklären lassen-«, sagte die Frau, bewegte sich um den schwarzen SUV herum und verringerte den Abstand zwischen ihnen. Ihre Hände waren in der Luft, um zu signalisieren, dass sie nichts Böses im Schilde führte.

Ethan kniff die Augen gegen die Wüstensonne zusammen, sicher, dass das, was er sah, eine Fata Morgana war. Er erinnerte sich an die Fahndungsplakate aus seiner Kindheit. Das Foto seiner Schwester an ihrem ersten College-Tag. »Megan«, sagte er und fühlte sich, als hätte ihn jemand geschlagen. Er wandte sich zu Annie, sprachlos.

»Ich dachte nicht, dass ich Recht haben würde-«, sagte Annie, ihre Augen wurden feucht. Tränen begannen ihre Wangen hinunterzulaufen, aber sie ignorierte sie. »Ich dachte sicher, ich würde es mir nur einbilden, mir nur wünschen, dass es wahr wäre-«

»Hey, was ist denn das alles?«, rief Harlan und warf die Arme in die Luft. »Ist sie nun eine Regierungsagentin oder was?«

»Nein«, sagte Ethan, der immer noch kaum atmen konnte. Seine Stimme klang weit weg, als gehöre sie jemand anderem. »Sie ist... meine Schwester.«

Niemand in der Gruppe gab einen Laut von sich. Die Wüstensonne hing tief am Himmel. Die Stadt Rachel war nicht der Ort, an dem Ethan eine Begegnung mit Außerirdischen erwartet hatte, aber jetzt war sie da – direkt vor ihm.

Und egal was passieren würde, Ethan wusste, dass sein Leben nie mehr dasselbe sein würde.

MORD IN DER HEIMATSTADT

Um das Abenteuer fortzusetzen, suchen Sie nach „Murder in the Hometown", Buch sechs der Krimireihe „Privatdetektivin Annie Hudson"!

MEHR VON VALERIE BRANDY

Weitere Bücher von Valerie Brandy, jetzt erhältlich:

Die Privatdetektiv-Krimiserie mit Annie Hudson

1. »Mord hinter den Toren« - Die Privatdetektiv-Krimiserie mit Annie Hudson, Buch Eins
2. »Mord in der Dachterrassenwohnung« - Die Privatdetektiv-Krimiserie mit Annie Hudson, Buch Zwei
3. »Mord auf dem Bauernhof« - Die Privatdetektiv-Krimiserie mit Annie Hudson, Buch Drei
4. »Mord in der Genossenschaft« - Die Privatdetektiv-Krimiserie mit Annie Hudson, Buch Vier
5. »Mord in der Wüste« - Die Privatdetektiv-Krimiserie mit Annie Hudson, Buch Fünf

Die Predator Prey Thriller-Serie

1. »Die Spur der Besessenheit« - Die Predator Prey Thriller-Serie, Buch Eins

BRIEF DER AUTORIN

Liebe Leserin, lieber Leser,

vielen Dank, dass Sie Ihre Zeit der Welt von Annie Hudson und der Real Estate Mystery-Reihe widmen! Ich bin Drehbuchautorin und Filmemacherin, die von Film und Fernsehen zu Büchern gekommen ist. Was ich an Büchern besonders liebe, ist der direkte Kontakt zu einer Lesergemeinschaft. Es ist etwas ganz Besonderes, mit Ihnen zu sprechen und zu erfahren, was Sie sich von den Charakteren in unseren Romanen wünschen.

Ich hoffe, Sie melden sich bei mir, indem Sie sich über den unten stehenden Link für meinen Newsletter anmelden! Ich informiere meine Leser gerne über Neuerscheinungen, biete Vorabexemplare, kostenlose Novellen, Vorschauen und vieles mehr an.

Wenn Ihnen Annie Hudson gefallen hat, hoffe ich, dass Sie den Rest der Serie weiterlesen, die ständig wächst!

Und wenn Sie generell mehr von mir lesen möchten, schauen Sie sich bitte die Liste meiner Bücher auf der vorherigen Seite an.

Herzlichst,

- Valerie Brandy